JN088423

ババヤガの夜

王谷晶

kawade bunko

河出書房新社

目次

ババヤガの夜

I

日暮れ始めた甲州街道を走る白いセダンは、煙草と血の匂いで満ちていた。

後部座席には派手なネクタイの男と柄シャツの男に挟まれ、長い髪の女がぐったりと項垂《うなだ》れて座っている。あちこち破れたジーンズと安っぽいTシャツ一枚の格好で、だらんと投げ出された手は薄汚れている。車が少し跳ねた瞬間、黄色いTシャツの腹のあたりに粘り気のある血がぼたっと落ちた。男たちは、居心地悪そうな顔でちらちらとそれを見ている。運転している若い男も、信号で停まるたびにバックミラー越しに落ち着かない視線を女に投げる。

セダンはすぐ前を走るフォードを追走していた。磨き上げられた黒い車体が、点灯し始めた街灯やネオンを受けてぬらぬら光る。強烈な夕焼けの日だった。新宿中のビルのガラス窓が、総身から血を流しているように真っ赤に染まる。

やがて二台は世田谷の閑静な住宅街に入った。ごちゃついた新宿と同じ東京とは思えない、小綺麗で穏やかな風景が広がる。しかし二度、三度、角を曲がると、唐突に、辺りを威圧するような高い石塀が現れた。隙間なく積まれた白河石《しらかわいし》は人の背丈よりさらに高く、天辺には有刺鉄線まで張られている。何かを覆い隠すためにぐるりと広く張り巡らされたその前で車が停まると、ややあって、物々しい監視カメラが取り付けられた鉄の門扉が開いた。

石塀の中には、平屋の巨大な屋敷と見事な日本庭園が収まっていた。隅には小さい五重塔まで建っている。車はゆっくりと石畳の道を進み、塔の前のあたりで停まった。

いつの間にか、どこかから現れた男たちが車を囲むように集まっていた。みな白いワイシャツと揃《そろ》いの色柄のネクタイ姿で、若く、険しい顔をしている。

フォードの運転席から男が飛び出し、後部ドアを開けた。ぴかぴかに磨き上げられた靴とそれを履いた細長い脚がぬるりと出てくる。葬式帰りのような黒いスーツを着た男が降りた。背が高く、削《そ》いだように痩《こ》けた頬と潰れた耳が目立つ。男が顎《あご》をしゃくるとすぐさま白セダンのドアが開き、中の男らがぐったりしたままの女を外に引きずり出し始めた。女は手足が長く、肥《ふと》ってはいないが厚みのあるがっしりした体格で、二人がかりでも運び出すのは容易ではなさそうだった。

石畳の上に荷物のように無造作に投げ落とされ、女の背中がびくっと跳ねた。しかし、うつ伏せたまま起き上がらない。

「おい、生きてんのか」

黒スーツの男が言うと、柄シャツが慌てて女の脛《すね》のあたりを強く蹴った。掠れた呻《うめ》きが上がる。這《は》いつくばったまま、鰐《わに》のように、女がゆっくりと顔を上げた。頬に血で固まった髪の毛が汚らしく張り付き、鼻の穴からは赤黒い血が流れ、右目の横も切れどす黒く腫れている。

「ひでえブスだな」

黒スーツの男が鼻で嗤《わら》うと、周りの男たちも追従するように嗤いさざめく。

「起こしてやれ」

柄シャツが頷《うなず》き、女の左腕を摑んで引っ張り上げた。女は素直にそれにすがり、

ふらふらしながら立ち上がる。しかし、

「ぶえっ」

途端、蝦蟇《がま》を踏み潰したような声が上がった。柄シャツの身体が宙に浮き上がり、ぐるりと回転しそのまま背中から石畳に叩きつけられた。

男たちがざわめいた。柄シャツはひゅー、と息を細く吐き、そのまま白目を剝《む》いて動かなくなった。

女は今度はふらつきもせず、その場で仁王立ちになった。掌《てのひら》を開き、腕を広げ、男らをねっとりと睥睨《へいげい》し、かぱっ、と口を開く。血塗《ちまみ》れの歯が覗いた。

それが自分らを挑発する笑いであることに気付いた白シャツの一人が、顔を歪《ゆが》めて正面から女に飛び掛かった。

「シッ」

空気を裂くような音が、女の歯の間から漏れた。素早く膝を曲げ、頭を低くし突進する。猪のような強烈な頭突きをもろに腹に喰らった男はあっけなく吹っ飛び、受け身を取る間もなく肩から硬い地面に落ちた。がぽっ、と骨の外れる鈍い音がする。ひっくりかえった悲鳴が上がる。

一瞬、ためらうような間が空いて、それから他の男たちも女に襲い掛かった。

「シッ」

右手から飛び掛かった男の喉仏には拳がめり込んだ。声も出せず、息もできず、男はその場に尻もちをつき足をバタバタさせる。左から突っ込んできた男の膝頭には、安全靴の蹴りがぶちこまれた。関節が壊れる嫌な音が怒号の飛び交う中でもはっきりと鳴った。別の男の拳が女の頬を思い切り殴りつける。女はよろけて数歩蹈鞴《たたら》を踏んだが、すぐに姿勢を立て直しボクサーのように両腕で頭をガードした。

「シッ」

再び殴り掛かってきた男の拳を腕で止め、同時にその股間に鉄板に包まれた爪先を突き刺す。悲鳴。怒鳴り声。ガレージの前に大量の白シャツ男たちが集まってくる。

男たちは誰もが怒りと緊張で頬を赤くしながら、でもどこか夢でも見ているような表情をしていた。自分の目の前にあるもの、起こっていることが受け止められず、信じられないというふうな。怒りと困惑の中、血塗れの女だけが歯を剥き出しにして笑っている。笑いながら絶え間なく殴り、蹴り続けている。

野太い罵声に混じって犬の吠え声が聞こえた。白シャツの群れの隙間から黒と茶の塊が飛び出す。太い黒革の首輪を着けた巨大なドーベルマンが、真っ直ぐに女に飛び掛かった。正面から体重四〇キロの突進を受け女が倒れる。すぐさま男たちが群がり、その身体を押さえ込みにかかる。人と犬の唸《うな》り声。布を裂く音。

「おい、殺すなよ。親父への手土産だ。丁寧に扱え」

黒スーツの男は楽しそうにそれを見ている。日が落ち、夜になった。


玉砂利の敷かれた瀟洒《しょうしゃ》な庭園の真ん中で、女は四本の刺股《さすまた》で地面に縫い止められていた。それを持つ男たちもみな無傷ではなく、憎々しげに眉間に皺《しわ》を寄せて、地面に這いつくばる女を睨みつけている。女は服も髪もさらにぼろぼろになっていたが、身動きはせず、呻きもせず、うつ伏せたまま静かに呼吸している。靴は脱がされ、引き裂かれたTシャツの下から黒い下着が剝き出しになっているのが手負いの虎のように見える。宵の静けさに、池の鯉《こい》の跳ねる音が響く。

「柳、なんだそれは。女か?」

　酒焼けした声が響いた。庭に面した縁側に置かれた革張りのソファに、縞《しま》の浴衣姿の男が座っていた。六十半ばくらい。でっぷりと腹の突き出た禿頭《とくとう》で、短い猪首《いくび》が撫で肩に埋まっている。

「一応、メスみたいです。例の仕事にいいんじゃないかと思って連れてきました」

　柳と呼ばれた黒スーツの男は、ポケットから古びたオレンジ色の革財布を取り出した。中から免許証を抜き取る。

「新道《しんどう》、依子《よりこ》……歳は二十二。道産子です」

「何者《なにもん》だ」

「事務所の前が騒がしかったんで若い奴に様子を見に行かせたら、これが暴れてたんです。珍しい生き物だったんで、スカウトしてきました」

　柳が言うと、縁側の男が耳障りな声で笑った。はだけた襟元に鮮やかな和彫が覗いている。

「スカウトと来たか」

「ご同行いただくまでビール瓶で二、三発どつかせてもらいましたがね。素性は改めて洗いますが、喧嘩《ゴロマキ》の強さは本物ですよ。玄人を十人いっぺんに相手して平気で立ってやがる。メスじゃなけりゃ、舎弟にしたいくらいです」

「本当に女なんだろうな。最近はナリは女だがチンポが生えてるようなのも多いからな」

「そっちもあとで、じっくり調べておきます」

男たちから下卑《げび》た嗤いがあがる。

女――新道依子は、そのやり取りを黙って聞きながら、ただ目線を縁側の男に据えていた。睨むのでも、何かを訴えかけるのでもなく、ただ、見ている。

「調べついでに、奥まで洗って身ぎれいにさせろ。その小汚ねえなりのまま、あれの前に出すなよ」

縁側の男はそう言うと大儀そうに立ち上がり、家の中に引っ込んで行った。すぐさま黒子のように現れた白シャツの若い男たちが、灰皿や椅子の片付けをする。

「おい、ホース持ってこい。水出せ」

庭のどこかから引っ張られてきたホースを掴むと、柳は迸《ほとばし》る冷たい水を新道にばしゃばしゃと掛けはじめた。

「なんだ、大人しいな。いいかげん観念したか？」

勢いよく放たれる水流が血塗れの顔にぶち当たる。新道は口を開けて、うまそうにその水をごくごくと飲んだ。柳が笑う。

「たいしたタマだな。それとも頭が足りなくてどうなってるのかも分からねえのか」

水が止まる。冷水で洗われた顔は血こそ取れたが、乱闘で喰らった新しい打撲傷でますます腫れあがり、元の人相を想像するのも難しい。

「バカならそのほうが都合がいい。いいか、依子ちゃん。お前は今日からこのお屋敷で働くことになった。嫌なら今すぐここで殺す。分かるか」

新道は黙ったまま、こくりと頷いた。

「よし。さっきまでのはお遊びだ。今この瞬間から、俺に逆らったらお前は死ぬ。いいな」

柳はスーツの上着を軽く開いた。腰に白木の鞘《さや》の匕首《あいくち》が挟んである。新道はまた頷いた。

「お前ら、退《ど》け」

柳が刺股を持つ男たちに合図すると、金属製の戒めがゆっくり新道の身体から離れた。

「立て」

ふらつきもせず、新道はすっくと立ち上がった。破れた服から覗く肌は真新しい生傷と痣《あざ》だらけだが、痛みを堪《こら》えるような仕草も見せない。

「さっきの話は聞いてたな。脱げ。本当にメスなのか見せてみろ」

新道は黙って、すでにぼろ布と化していたTシャツを脱いで地面に放った。

「下着もだ」

黒いブラジャーをためらう様子もなく脱ぎ捨てる。取り囲む男たちの何人かはにやにやと笑っているが、露《あら》わになった乳房より、その下の見事に割れた腹筋が威容を見せていた。Tシャツに隠されていた腕もみっしりと筋肉が付き隆々と盛り上がっている。東大寺南大門の金剛力士像にも似た、巨木を彫り込んで作り上げたような肉体だった。

「パンツも脱げ。そこが肝心だからな」

柳から目を逸《そ》らさず、新道はボタンフライのジーンズを脱ぎはじめた。黒い下着に包まれた大きな尻と、張り詰めた太股が現れる。男たちの視線がそこに集中した。

次の瞬間、新道は濡れたジーンズを振りかぶり、鞭《むち》のように柳の顔面に叩きつけた。

「くそっ！」

濡れた硬い布地が頭を強打する。柳がそれを払いのけるまでの一瞬の間で、新道はまっすぐ前に飛んだ。すがりつくように柳の胸に飛び込み、左手でスーツの襟を取り、右手で腰の匕首を抜き取る。と同時に、今度は柳が動いた。新道の髪を摑んで引き付け、流れるような大外刈りで地面に打ち倒す。そのまま匕首を握った手を蹴り飛ばそうとするが、新道は転がってそれを避《よ》けすぐに身体を起こした。

「いけ！」

誰かの号令が飛んだ。先刻のドーベルマンが、主人の命令に従い白い牙を剝き出しにし半裸の身体に襲い掛かる。新道は即座に地面に落ちていたジーンズを拾うと、素早く振り回し腕に巻き付け、犬の目の前に突き出した。

唸り声と共に、犬が濡れたジーンズの上から腕に食いつく。並の人間なら肉が裂け骨が折れることもある力で、絶対に離さないという強い意思で嚙み締め続ける。振りほどこうとしても、犬はますます意地になる。

獣と、獣のような女の目が合った。

新道は歯を剝き出しにしガァッと吠えた。生き物としてどちらが強いか誇示する。犬は嚙み付くのを止《や》めなかったが、その濡れた大きな黒い瞳に一瞬怯《おび》えの色が浮かんだ。しかし四〇キロの重りを付けられ動きの鈍くなった新道の胴体にまた四方八方から刺股が飛んできて、再び地面に這いつくばされる。犬は「やめ」の号令ですぐに嚙み付くのを止め、主の元に戻っていった。

乱れた髪を手櫛《てぐし》で直しながら、柳が地面に唾を吐く。匕首を握ったままの新道の手首を、革靴で踏みつける。

「お前、キチガイか。ここにいるのは全員モノホンのヤクザだ。死ぬのが怖くねえのか」

柳の酷薄そうな顔は、面白くて仕方ないというふうな笑みを湛《たた》えていた。

「気安く呼ぶな、ゴミ野郎」

「なんだ、喋《しゃべ》れるのか」

柳は新道の手首をさらに強く踏んだ。匕首が掌から、からんと離れる。

「お前……なんで犬を刺さなかった」

新道は顔を歪め、べっ、と血液混じりの唾を吐く。

「西、その犬こっち持ってこい」

西と呼ばれた白シャツが頷き、首輪にリードを着けられたドーベルマンを引っ張ってくる。柳は匕首を拾い上げた。

「もう一度言うぞ。お前は今日からここで働く。嫌と言うなら、今すぐここで殺す」

刃先で新道の顔を指す。

「好きにしろ。てめえの言いなりになるくらいなら死んだほうがましだ」

「そうか」

そう言うと、柳は大人しく尻尾を揺らしながら座っていた犬の首輪を鷲摑み、喉元に刃を押し当てた。新道が目を見開く。

「――やめろ」

キュウン、とか細い声が上がる。その気になれば人間などひと嚙みで殺せる強い生き物が、己の命を脅かされて抵抗もできずに震えている。

「聞こえねえな」

ドーベルマンの尾が縮こまり、キュウーッと甲高い、恐怖を訴える声が大きくなる。

「やめろ!」

大きな耳が押し潰されたように平らになり、黒い目が真ん丸に見開かれる。

「殺していいんだな、お前のせいで死ぬぞ、こいつ。可哀想に」

刃を食い込ませる。犬の濡れた瞳が新道をじっと見つめる。

「言う通りにする」

「なんだって?」

「言う通りにする!」

ぱっ、と柳が首輪から手を離した。犬はキュウンと鳴くと、哀しげに地面に伏せ、上目遣いで柳を見上げた。その目に怨《うら》みや怒りの色はない。

「男の金玉は潰せてもワンちゃんは可哀想か。優しいねえ、依子ちゃん。いいか、今後俺に逆らったりここから逃げようとしたら、こいつの腹かっさばいて、生きたまま生皮を剝ぐ。お前の目の前でな」

そう言うと、柳は血の付いていない匕首を腰の鞘に戻した。

顔が映りそうなほど磨き上げられた渡り廊下の上で、新道は一人で正座していた。赤茶けた髪は事務用の輪ゴムで後ろにひっつめられ、サイズの合っていないぶかぶかの白いシャツと黒いパンツを身に着けている。顔には目鼻口以外の全てを覆い隠すくらいガーゼと絆創膏がべたべたと貼られ、出来損ないのミイラのようになっていた。傷の手当てというよりは、ただ怪我を覆い隠しているだけの処置だ。

白シャツの男――〝部屋住みの若い衆〟から服を借りて着替える間、柳から一方的に説明を聞かされた。ここは関東最大規模の暴力団興津組の直参である内樹會の会長、内樹源造の邸宅で、柳は内樹會の若頭補佐をしている。この邸宅は掃除から飯炊きまで全て下部組織から選りすぐった若い衆たちで賄っているが、ある仕事でどうしても女手が必要になり、新道を〝スカウト〟した、という話だった。

どんな仕事かはこれから説明するから座って待っていろと言われて、三十分あまり。辺りは暗く、人影もない。一番近い石塀までは二〇メートルほど。その気になればすぐに逃げられる。しかし、新道は動けなかった。

あのドーベルマンの、絶望したような諦めたようなか細い鳴き声が耳に残ってしまっている。

犬に罪はない。どんなに外道な人間に飼われていたとしても、犬には、罪はない。あの眼……絶望しているのに自分の命を握っている奴に抵抗もしないあの眼。哀れな呻き。犬はみんなそうだ。どうしようもない人間にも、なぜか忠誠を誓う。

溜息を吐くと、肋骨《ろっこつ》のあたりが少し痛んだ。折れている感覚は無いがヒビくらいは入ったのかもしれない。今日起きたことを振り返る。

二つあるバイトのうちの片方、食事の個人配達をするために自転車で新宿に向かい、夕方まで働いた。一旦新大久保のアパートに戻って自転車を置き、汗を流し服を着替えて今度は徒歩で新宿まで出る。食事だけなら近所でもできるが、ついでに映画でも観るかと思ったのだ。しかし歌舞伎町に入ってすぐ、明らかに酒に酔ったチンピラがげらげら笑いながらすれ違いざまに新道の尻を叩いた。即座に踵《きびす》を返し、その男の襟首を後ろから摑んで足を払い顔からアスファルトにぶち落とした。相方が気付かず数メートル歩いていってしまったのがおかしかったが、ほどなく慌てて駆け戻ってきて大振りなパンチを繰り出してきた。避けようと思えば避けられたが、ギャラリーも集まってきていたので、一回は殴られておいたほうが面倒が少ないと思いそれをわざと顔に喰らった。酔いのせいか元々の技量のせいか痒《かゆ》い程度のパンチを受け、その手首を下から掴んで身体の内側に勢いよくひねった。ごりゅっ、とあまり気持ちよくはない感触が伝わり、うまいこと一回で手首の関節が外れる。悲鳴。パニックを起こした男は無事な方の手で腹を矢鱈《やたら》目鱈《めたら》に殴ってきたので、手を離し蹴り飛ばし距離を取る。野次馬があっという間に増えていた。アスファルトに倒した男は盛大に鼻血を出したままのたのたと転がり呻いている。まだ何発か殴りたかったが、手応えのない相手だし、警察を呼ばれると面倒なので逃げることにした。が、人混みの中から明らかにガラの悪い男が数人出てきて進路を塞がれた。増えた、と思った瞬間蹴りが飛んでくる。さっきのチンピラよりはだいぶましな上段蹴りだ。クソアマ、このブタ等と叫びながら二度、三度と蹴ってくるのを躱《かわ》し、四回目で足を掴まえた。相手は背が低かった。その軸足を踏みつけ動かないようにし、足を肩に担いで勢いよくしゃがみ股関節を強制一八〇度開脚させてやる。産まれたばかりの赤ん坊のような悲鳴が上がった。立ち上がったとき、背中に衝撃を感じた。たぶん飛び蹴りを喰らった。振り向くと蹴った男が着地した瞬間よろけていたのですかさずがら空きの首筋にハイキックを入れる。ぱしん、といい音がした。次に脇腹のあたりが痛くなって、見ると空のワインボトルで横薙《よこな》ぎに殴られていた。おそらく、この時の怪我が今痛んでいる。こんな狭い場所で武器を持ち込まれると分が悪い。見物人にも怪我人が出るかもしれない。逃げ道を探したが、ボトル男が振りかぶってもう一撃入れてこようとしたので正面から顔面に拳を叩き込んだ。取り囲む野次馬たちの隙間から、殺気がいくつも近付いてくる。もっと来る。私に殴られに、もっとやって来る。新道の顔は自然に笑っていた。もっと広い場所で、もっと誰にも邪魔されなかったら、お前ら全員一人残らず相手にしてやれるのに。都会の狭さと人の多さを呪った。そのとき、後頭部にがん、ときつい衝撃を喰らった。先刻の柳の言葉を信じるなら、ビール瓶で殴られた。続けざまにもう一発喰らって、ブラックアウト。

五月にしては薄寒い夜風が吹き抜けていく。冷たく硬い廊下でじっとしながら、もう一度深呼吸し、じくじく痛む肋骨と後頭部を自分で撫ぜた。

その時、渡り廊下の先にある木戸が開いた。白シャツの男が億劫《おっくう》そうに手招きしている。立ち上がり、大人しくそれに従った。

　部屋の中に入ると、線香の強い匂いが鼻を刺した。二十畳ほどの広さで、銘木の一枚板の文机を前に先刻の縁側の男――内樹源造があぐらをかいて座っている。その後ろには雄雉《おすきじ》や鷹の剝製と一緒にガラスケースに入った博多人形や金色の五重塔の模型などが無造作に置かれ、いかにも趣味の悪い成金の部屋という雰囲気を醸している。中には柳もおり、四隅には体格のいい白シャツが四人、直立不動の姿勢で立っていた。

「おう、まあ座れや」

　妙に気さくな調子で促され、新道は畳の上に正座した。ぴりぴりした視線があちこちから刺さる。内樹は文机の上にあった缶コーヒーを下品な音を立てて啜《すす》ると、にやっと笑った。

「依子と言ったか。女だてらにえらく腕が立つらしいな。うちの若いのを何人もオシャカにしてくれたそうじゃねえか」

　にやけた顔から出る嗄《しゃが》れ声は、鷹揚さの裏に隠しきれない嗜虐《しぎゃく》性を滲《にじ》ませていた。

　新道は何も答えず、いつでも立ち上がれるように尻の筋肉に力を入れる。

「極道が堅気の、しかもこんなお姉ちゃんにこてんぱんにやられたなんてことが表沙汰になったら、面子《メンツ》が丸潰れだ。本来なら、その立派な身体で落とし前を死ぬまで払ってもらわなきゃならねえが……」

身体、に力を入れて発音し、内樹はねばついた眼で新道をじろじろと眺め回す。

「実は、ちょうどあんたのような腕っぷしの強い女を探してたところでな。どんないざこざがあったかは知らねえが、ここはひとつ、水に流して仕事を頼まれてくれねえか。伝法《でんぽう》なお姉さんよ」

新道は内樹を見つめ返す。獣も人間も同じ。先に目を逸らしたほうが負け犬になる。

「仕事ならもう持ってる」

そう言うと、内樹はからからと笑った。

「おい、調子に乗るなよ、メスブタ。今すぐその腐れまんこに長ドスぶちこんでやってもいいんだぞ」

明るい笑顔のままそう言い放つ。柳がじろりと横目で睨んできた。

「仕事の相手を紹介してやろう。――尚子、入れ」

奥の襖《ふすま》がすっと開いた。

人形だ、と思った。

よくできたマネキンが、そこに座っていたように見えたからだ。しかしそれは、当たり前のように音もなく立ち上がり、部屋の中に入ってきた。人間だ。

少女と言えるくらいの、若い女だった。白い長袖の飾りっ気のないブラウスと紺色の長いスカートを穿《は》き、僅《わず》かに覗く細い足首は野暮ったい肌色のストッキングに包まれている。長い黒髪を一本のおさげに結《ゆ》って背中に垂らし、身体は華奢《きゃしゃ》で、肌は青みがかって見えるほどに白く、子鹿のような黒々とした眼と小さな唇をしている。明治や大正時代の美人画から抜け出てきたような、古風な風体《ふうてい》の美少女だった。

尚子と呼ばれたその少女は新道に目もくれず、まっすぐに内樹の傍らに行き、また静かに正座をした。巨体の内樹の横で、その姿はますます人形じみて見える。

「一人娘の尚子だ。この春から杉並の白浜女子短大に通わせとる。しかしこのご時世、何かと物騒だからな。毎日の送り迎えとボディガードが必要だ。それをあんたに頼みたい。本当なら己で一日中護《まも》ってやりたいところだが、こう見えても忙しくてなあ」

内樹の手が尚子の肩をゆっくりと撫でた。大事な娘というよりは、座敷犬を愛《め》でるような仕草だった。尚子は口を開かず、表情も変えず、ただ膝の上に揃えた自分の爪の先を見つめている。その爪も、波に磨かれた桜貝のようにちんまりとしている。

掃き溜めに鶴というが、その姿はこのあからさまなヤクザ部屋の中でひどく場違いなものに見えた。内樹も、柳も、白シャツも、そして新道も、その身の内から物騒な熱量や欲を発散させている。きれいな言葉で言えば、生命力のようなものだ。少女からは、そういう動物くささが一切感じられなかった。

新道は部屋に立つ白シャツたちに視線を向けた。尚子が部屋に入った瞬間から、彼らの緊張が高まったのを感じたからだ。誰一人として、この作り物じみて見えるほど美しい少女に視線を向けていない。それどころか、一番若そうな一人などこめかみに脂汗まで浮かせて、必死に尚子とは反対側の何もない空間を凝視している。

「私は、ボディガードなんて、経験がない」

「なに、簡単な仕事だ。尚子に妙な輩《やから》が近付いたらぶちのめせばいい」

「信じられない」

「何がだ」

「あんたらみたいなヤクザが、見ず知らずの人間に身内の命を預けるはずがない。ボディガードができそうな人間なんて、ここにいくらでもいるだろ」

新道がそう言うと、内樹がにやりと笑った。

「おい、アレ持ってこい」

また襖が開き、白シャツが漆塗りの箱を持って部屋に入ってきた。大きめの弁当箱ほどのその箱が文机に置かれたとたん、線香の匂いを押《お》し退《の》けるほどの強烈な悪臭が部屋全体に溢《あふ》れた。

「確かに、前はうちの者から適当な男を選んで護衛をやらせていた。しかしそいつがあろうことか、尚子に手を出そうとしやがったのよ。あんた、同じ女として許せねえだろう？　嫁入り前のきれいな身体を穢《けが》す外道なんざよ。それで、年頃の娘の傍に血の気の多い若い男をつけとくわけにはいかねえと思ったのさ。親心ってやつだ。分かるかい」

内樹が、漆箱の蓋《ふた》を開けた。

「あんたならこういう間違いは起こさずに、尚子を護ってくれるんじゃねえかと見込んでるんだ。どうだ。頼まれてくれるか」

箱の中には、人間の右手が入っていた。腕時計を嵌《は》めるあたりの位置で切断され、皮膚が黒ずみ一部は腐り溶け、骨が露出している。どろどろしたどす黒い液体が膿《う》んだ皮膚の下から溢れ、朱塗りの箱の中を汚していた。悪臭はますます強くなり、立っていた白シャツの一人が身を折って嘔吐した。しかし、腐った手首をすぐ目の前にしている尚子は、やはり無表情にじっとしている。新道は手首より、そのしんとした顔が気になった。

「おお、顔色ひとつ変えんとは肝が据わってやがる。柳が見初めた女だけあるな。よし、決まりだ。今日から務めてくれや。後のことは柳に任せる」

内樹はしっしっと犬を追い払うように手を振った。すぐさますっくと柳が立ち上がる。目線で促され、仕方なく新道も後に続いて部屋を出た。

「——まあ、とりあえずこういうことだ」

部屋を出ると同時に、柳は大きく溜息をついた。

「お前は今日からあの尚子お嬢さんの運転手兼ボディガード。この屋敷に住み込んで、毎日傷一つ付けず学校に送り出し、傷一つ付けず家に帰す。それが仕事だ」

「断ったら?」

「犬を殺す。ついでにお前も。嘘じゃねえのはさっきので分かったろ。それでいいなら俺は止めねえからどこにでも行きな。ただし、どこに行こうが必ずヤサ見つけ出して、犬の臓物と殺し屋を送り届けてやる」

「……ボディガードなんて、やれる気しない」

「犬程度の頭がありゃできる。怪しい奴は全員ぶん殴りゃいい。お前、女のくせに人を殴るのに躊躇《ためら》いがねえだろ。そういう喧嘩馬鹿にはうってつけの仕事だ」

新道は俯《うつむ》き、小さく舌打ちした。その目の前に煙草が差し出される。

「いらない」

「なんだ、不良のくせに」

新道は顔をしかめた。ヤクザに不良呼ばわりされる筋合いはない、と言い返そうと思ったが、この不快な男と会話を続けること自体が業腹《ごうはら》だったのでやめた。

柳は銀色に光るライターでピースに火をつけ、深々と煙を吸い込んだ。吐き出した紫煙の向こうから、じろじろと不躾《ぶしつけ》に新道を見る。

「で、何やってた。空手か。レスリングか。正座慣れしてたな、合気道か?　少林寺って感じではねえな」

　新道は答えない。柳の眉が吊《つ》り上がる。

「……お前、本当だったら、今頃早く殺してくださいと自分からおねだりするくらいの目に遭ってたんだぜ。分かってんのか」

「脅してるつもりか」

「忠告してやってんだよ。あの手がくっ付いてた男もな、たっぷり半月近くかけて嬲《なぶ》り殺しにされたんだ。そういうのを得意にしてる奴がいるんだよ。最後の一瞬まで正気を保って痛みを感じさせたまま嬲り殺すのが大好きな奴が。お前、今日にもそいつに引き渡されててもおかしくなかったんだぜ。それを俺が執り成してやったんだ。命を救ってくださってありがとうございますくらい言いたくなっただろ」

　新道は表情を変えず、夜の空気に溶けていく煙草の煙をただ眺めた。

「気に入らねえな……その歳で、しかも女が、怖いものなんかねえってツラをしてやがる」

「あんたのことは少し怖い」

　そう言うと、柳は面食らったような顔をした。

「柔道をみっちりやってる奴は面倒だ。あんまり相手したくない」

「……その割には、大胆に胸に飛び込んできたじゃねえか」

「階級は私の方が上だ。あんた、七〇キロもないだろ」

柳はげらげらと笑い出した。

「お前、本当に頭がおかしい女だな。しょうがねえ。拾っちまったからには面倒見るしかねえか。ほれ」

無造作に取り出された幾枚かの一万円札が、胸元に押し付けられる。

「明日、お嬢さんを学校に送ったらこれで着替えと化粧品でも買ってこい」

「いらない」

手を払いのけると、柳は一瞬で酷薄な真顔に戻った。

「薄汚ねえなりでお嬢さんの横に立たれちゃ困るんだよ。適当に小綺麗な服を用意しろ。しっかり化粧してそのブサイクなツラもましにするんだ。いいな。甘く考えてると、お前も膾《なます》にされるのを憶《おぼ》えとけ」

廊下に札をばら撒《ま》き、柳は背を向けて去っていった。

尿意で目が覚めた。

並べて敷いた座布団の上でそろっと起き上がり、新道は首や肩を慎重に回した。みしみしと肉と筋が身体の中で鳴る。殴られた所の内出血と筋肉痛が心配だったが、動けないほどではない。熱も出ていないようだ。

視界がはっきりしてくると、馴染《なじ》みのない天井と壁が目に入った。部屋の隅には座布団や段ボール箱や蓋付きの書類ケースが大量に積み上げられていて、窓は無く、空気は淀んでいる。襖の隙間から差し込んでくるわずかな光を頼りに段ボール箱をいくつか開けると、未使用のタオルや手ぬぐい、ガムテープ、ビニール紐、ボールペンやホチキスなどの事務用品のストックと、細かい字で何かがびっしり書かれている書類や古新聞が大量に入っていた。

坊主の袈裟《けさ》のような派手な刺繍《ししゅう》が入った座布団の寝心地は思ったほど悪くなかったが、自分の古いアパートが恋しかった。駅から遠くどんなに掃除しても水回りが臭い狭い部屋だが、今すぐ帰りたかった。

立ち上がり、手足や腰を念入りに伸ばす。血が巡り、体温が少し上がる。それから口の中が鉄臭くねばつくのと、ひどく腹が減っているのに気が付いた。

昨夜はあの後、風呂にも入れず食べ物も与えられず、母屋にある六畳ほどのこの物置に押し込まれた。廊下を挟んだすぐ斜め向かいは〝お嬢さん〟尚子の部屋だ。しばらく襖の前に誰かが座って見張っていたような気配がしたが、とりあえず一人になれると、どっと疲れが出て、気絶するように眠ってしまった。なので、丸一日近く何も食べていない。

物置を出て、廊下の突き当たりにあったトイレに入る。どこもかしこも新築のようにぴかぴかに磨かれている。排尿し、自分の出したものをよく点検してから流した。血尿は出ていない。内臓は大丈夫そうだ。そのまま洗面所で口をゆすぐ。口の中を少し切っているようで冷たい水がしみたが、歯は無事だ。顔も洗いたかったが、絆創膏や包帯を剝がすのが面倒なのでやめた。シャツで手を拭きながら廊下に出る。

母屋はしんとしていた。磨《す》りガラスの窓から入る光で早朝なのは分かったが、人気がなくどことなく不気味だ。

昨夜は観察する余裕が無かったが、この屋敷はかなり大きい。〝お嬢さん〟の部屋の前を通り過ぎ、桟に埃《ほこり》ひとつ見当たらない障子張りの広い部屋を通り過ぎても、まだまだ部屋がある。廊下から見える中庭は、高級旅館のパンフレットに載っていそうな見事な植木や池で整然と造られている。何を生業にしているのかは知らないが、内樹はかなり儲けているヤクザのようだった。

ふと、微《かす》かに香ばしい匂いを感じた。どこかで魚を焼いている。胃がエンジンをふかすように思い切り鳴った。急いで匂いを辿《たど》って廊下を進む。

焼き魚の煙は、離れの一棟から上がっていた。ざわざわした人の気配も感じる。近づくと、味噌汁や油で何かを炒める匂いもしてきた。腹がますます唸りをあげる。

離れに入ったが、事務所らしい作りの部屋には誰もおらず、その隣の部屋から人の話し声が聞こえる。そっちを覗き込むと、母屋より簡素な内装の畳敷きの大部屋に、座卓と二十人分ほどの箸や小皿が並べられていた。修学旅行のような光景だ。忙《せわ》しく立ち働いている数人の白シャツが、新道を見つけてあっと小さな声をあげる。

「飯、ここで食えるの」

まだ子供のような顔をした坊主頭にそう訊くと、無言ですっ飛んで部屋を出ていった。すぐに、わらわらと他の白シャツが出てくる。中には昨日ぶん殴った記憶のある顔もいくつかあった。

「何だてめえ、何しに来たコラ」

顔を腫らした角刈りの男が出てきた。男たちの半分は眼にぎらついた憎悪を浮かべ、もう半分は好奇心丸出しの顔で新道をじろじろと見ている。

「私も朝飯が食いたい」

言いながら、いつでも一歩踏み込めるように素足で畳の縁《へり》を探った。喧嘩慣れした連中を、二十人。一度に相手するのは流石《さすが》にきつい。でも、やれるかもしれない。首の太い血管を、血がじゅうじゅう言いながら上がっていくのを感じる。考え方を変えれば、ここは喧嘩食い放題のレストランみたいなものだ。血の気の多い、多少なりとも腕に覚えのありそうな奴がこんなに雁首《がんくび》を並べている。血管が喜びで拡充する。

「待て。こいつはお嬢さんの新しい警護だ」

拳を握りしめて臨戦態勢になったとき、金属のおたまを持った白シャツが出てきた。昨日、内樹の部屋に立っていた男たちの一人だ。

「新道依子とか言ったな。ここに勝手に入るな。入り口でちゃんと挨拶しろ」

他の白シャツたちの視線がおたまの男に向いている。この下っ端の群れのリーダーはこの男らしい。

「もう少し早く起きろ。これから毎朝七時半、お嬢さんに朝食を運べ。きっかりだ。それも含めて護衛の仕事だからな」

そんな話は聞いていない。大部屋の壁の時計を見る。七時二十分を少し過ぎたところだった。

「運ぶから、その前になんでもいいから食わせて。腹減って死にそうなんだ」

「ふざけるな。さっさとこれをお嬢さんにお持ちしろ」

そう言われ銀色の盆を押し付けられる。白いティーポットとカップ、ジャムの添えられた薄い薄いトースト一枚、果物が数切れ入った小さなガラス皿が載っている。まるで小鳥の餌だ。しかし空腹に苛《さいな》まれた眼には、それでも十分魅力的な朝食に見えた。

「運び終わったら私も飯が食えるんだな？」

「いいからさっさと行け」

男が呆《あき》れたようにおたまを振り回し追い出しにかかってきたので、仕方なく銀盆を持って離れを出た。

やはり静かで人の気配のしない母屋に戻り、盆を尚子の部屋の前に置く。耳を澄ませてみたが、中から物音は聞こえない。こんこん、と襖の縁を叩く。

「朝飯だけど」

応えはない。トーストの香ばしい匂いが鼻をくすぐる。歯糞にもならなそうな量だが、とにかく何でもいいから腹に入れたい。今すぐ手掴みで貪《むさぼ》り食ってやろうかと思う。その衝動を抑えて、もう一度襖を叩く。

「朝飯」

応えはない。寝ているのか。少し迷ったが、そっと襖を開けた。

「あっ」

思わず声が出た。尚子は起きていた。すでに着替えも済ませ、座卓の前でじっと座っている。やっぱり、マネキン人形に見える。服は昨日と同じようなブラウスとスカートで、髪もきちんと結われている。部屋の中は整然としていたが、写真の一枚、花の一輪も飾られていないそっけなさで、雰囲気は新道の物置部屋より味気ない。

「三分早い。下がって」

新道の方を見もせず、尚子はそう言い放った。

「下がりなさい」

小さいが、有無を言わせない声だった。ほんの小娘なのに、人に命令するのに慣れている。腹が立つより先に妙におかしくなり、言う通りに盆を引っ込め襖を閉めた。頭の中で三分きっかり数えてから、また襖を叩き、開ける。

尚子はまったく変わらない姿勢で座卓の前に座っていた。

「朝飯」

座卓に盆を置くと、一瞥《いちべつ》もせずにそっぽを向かれた。

「いらないわ」

「じゃあこれ、食っていい?」

尚子はびっくりしたように目を丸くしたが、すぐに「好きにすれば」と言った。全てたいらげるのに一分も掛からなかった。熱い紅茶を音を立てて啜ると、尚子はあからさまに顔をしかめた。

「ひどい顔……気持ち悪い」

横目でじろりと睨みつけられる。ひどい顔なのは否定できない。包帯と絆創膏には血が滲み、わずかに見える皮膚は内出血で派手に変色している。

「こんな不気味な人に付いて回られるなんて、嫌。気分が悪い」

「私も好きでここにいるんじゃない。仕方なしにだ」

言い返すと、尚子はきれいに整えられた眉を吊り上げた。

「口の利き方を知らないの？」

むきになるのがおかしくて、小さいげっぷで返事をしてやる。

「……あなた、ヤクザじゃないしヤクザの情婦でもないわね。こんな醜い、みすぼらしい情婦はいないもの。あの人たちはみんな綺麗な女が好き」

「あんたみたいな？」

尚子の手が即座に紅茶のカップを掴み、中身を新道の顔にぶちまけた。包帯が薄茶の液体を吸い、ますます化け物じみて汚らしくなる。

「どうせ、あなたもすぐクビになる」

ぼたぼたと紅茶をしたたらせながら、新道は昨日とは打って変わって燃えるような苛立ちを顕《あらわ》にした尚子の目を見つめた。

「私はあんたのケツを触るつもりはないよ」

今度は額の真ん中にカップが投げつけられた。意外といいコントロールをしている。流石に癪《しゃく》に障ったが、軽くつついただけでバラバラに壊れてしまいそうな尚子に手をあげるわけにもいかず、黙ってカップを拾い上げ、盆に戻した。

送迎用の車としてキーを渡されたのは、真新しいがコンパクトで平凡な国産車だった。服装といい、地味好みのお嬢様らしい。

庭は昨日の乱闘の跡がきれいに洗い流されていて、血痕一つ見えない。大きなガレージの前で車を洗ったり庭を掃除している白シャツたちは、やはり新道に突き刺すように剣呑な視線を投げてくる。治まっていない空腹もあいまって、また衝動が湧き上がってくる。拳ダコのできた手が、獲物を求めて勝手にみしみしと鳴る。

その時、石塀の門が開いて数台の車が敷地に入ってきた。シビックに寄りかかる新道の横をすり抜け、次々とガレージに入っていく。また新手のヤクザが来たのかと思ったが、車種は外車と薄汚い軽トラで、出てきた人間も昨日の柳のように見るからにヤクザ然とした者もいれば、酒屋のおやじやその辺の大学生のようなのもいる。重そうな段ボール箱やブリーフケースを運んでいる者もおり、ちぐはぐで妙な雰囲気だった。

何とはなしにその集団を見ていると、母屋からやっと尚子がやってきた。

日の光の下だと、多少は人間らしく見える。白のブラウスに水色のカーディガン、長くて重たげな袴のようなスカート。先が丸くヒールのない黒いエナメルの靴を履いて、靴下は白いレース付き。手には学生鞄のような茶色い革バッグを提げている。化粧っけは無いが、首にはNの字と小さな真珠が一粒付いた、ゴールドのネックレスを着けていた。新道は流行に敏感な方ではないが、それでも尚子の服装や持ち物が十八かそこらの娘にしては古風で野暮ったいのは分かった。演劇部の高校生が古い時代の物語の登場人物に扮《ふん》しているような感じだ。

尚子は自分でドアを開けると、黙って助手席に乗り込んだ。新道も運転席に乗る。

「お嬢さんは、後ろに乗るもんなんじゃないの」

「私に指図するつもり？」

「助手席の方が死亡率が高いらしい」

そう言うと、尚子はじっと新道を見て、初めてかすかに唇を歪めて笑った。

「知ってるわ」

新道は肩をすくめてエンジンをかける。

「道は分かるの？　遅刻をしたら全てあなたの責任になるけど」

「だいたいは」

二十三区内の道はおおまかに頭に入っている。白浜女子短期大学はお嬢様校として有名な古い学校だ。キャンパスは杉並区にあるので、道が混んでいなければここから二十分程度で着くはず。先刻のおたまを持った部屋住み――名前は隅田という男が、あの邸宅の番頭のような存在らしく、尚子の習い事のスケジュールから食事の好みに至るまで書かれたメモを渡してきた。新参者にそう簡単に大事なお嬢様の身柄を預けていいのかと思ったが、この尚子の一声でぽんぽんとクビと右手が飛ぶのであれば、誰であろうと世話係を押し付けたくなるのも無理はないと考えた。

「あの軽トラのおっさんたちもヤクザなの」

ガレージの方を指で差すと、尚子の顔が強張《こわば》った。

「あれは……人を探す専門家の人たち」

「へえ。興信所か何か」

「知らない。余計な話はしないで。早く車を出しなさい」

それだけ言うと、学校に着くまでもう一言も口を開かなかった。

正門まで尚子を送り届けてから、新道はすぐさま車を走らせ、一番最初に目に入った飯屋に飛び込んだ。中華丼の大盛りと鶏の唐揚げと餃子二人前と半ラーメンを頼み、届いた順から一気に掻き込む。薄汚い店だったが、店主も他の客も汚れた包帯を巻いた異様な風体をしている新道を遠巻きに見ている。

脂っこく味の濃い料理を全て胃におさめ、水を飲んで一息つく。やっと気分が落ち着いた。腹が減っているとだめだ。ただでさえ面倒なことを考えるのに向いていない頭が、余計に回らなくなる。

ズボンのポケットに入れておいた財布を取り出す。中には昨日柳に押し付けられた金が入っている。まあまあの額だ。

逃げるか、という言葉が一瞬、頭に浮かんだ。しかし同時に、人を疑うことを知らない犬のガラス玉のような瞳がちらつく。昨日の犬ではなく、子供の頃に飼っていた犬の眼だ。

正確には祖父の飼い犬で、三号と呼ばれていた。雑種の和犬で、狐のような赤い毛をしていて、どことなく締まりのない間の抜けた顔をしていたが、賢くてよく懐いた。ちくわが好きな犬で、こっそり与えたのがばれると「犬に人間の食い物をやるな」と祖父に張り倒された。気のいい、優しい犬だったが、あくまで主人は祖父一人と決めているような素振りをちょくちょく見せ、実際に最期の一瞬まで祖父の側にいて、一緒に雪に埋もれて死んだ。犬に罪はない。あんなに真っ直ぐで優しい生き物はいない。

水を飲み干し、代金を払い、新道は車に戻り、また走り始めた。

飯と同じように最初に見つけた紳士服店に入り、靴下と無地のTシャツを三枚、紺の薄手のジャケットとパンツとベルトと肌着を買う。店員がいぶかしげな顔をしていたが、もともと体格の都合で男物を着ることが多い。しばらく測っていないが身長は一七〇センチをゆうに超え、体重もだいたい七五キロ前後ある。そのへんの店で売っている女物は入るものがほとんどないのだ。ついでに同じ通りにあった小さい薬局で痛み止めと消毒液と新しい絆創膏を買った。車に戻り、バックミラーを見ながら傷の手当てをする。

目の横の切り傷以外はもう処置は必要なさそうだったが、まだらになった内出血は予想以上にひどい有様だった。地肌が白いせいもあり、変色が目立つ。子供が顔の上で紫と緑と黒のクレヨンを使ってめちゃくちゃに落書きをしたようだ。やはりファンデーションでも買えばよかったかもしれない。それとも、どうせならいかついサングラスでもしてヤクザの使い走りらしく見せるか。

「………」

運転席に背を預け、溜息をつく。

妙なことになった。本当なら今頃は、似合わないピンクのエプロン姿で花屋の配達車を走らせている時間だ。仕事を無断欠勤してしまった。おそらくこのままクビになるだろう。細かいことにうるさい勤め先の店主の顔を思い浮かべる。

もうひとつメインでやっている、池袋にある生花店での配達の仕事を始めて、一年程度になる。別に夢の職業というわけではないが、店主と反りが合わないところ以外は気に入っていた。運転は好きで得意だし、いつか自前のトラックを買って運送屋として独り立ちするのもありかもしれないとも考えていた。学もなければ見た目も良くない、そのうえ喧嘩が好きで人に頭を下げるのが大嫌いな自分が女の腕一本で一生食べていける仕事は無いか、子供の頃から探し続けていたが、配達や運送というのは悪くない職業に思えた。まさかこういう運転手をやることになるとは、思ってもいなかったけれど。

買い物が済むとまた大学の近くまで戻り、正門が見える適当な場所に路駐して、座席を倒して昼寝をした。飯をしっかり食ってよく寝れば怪我もすぐ回復する。とりあえずは言われた通り仕事をこなすふりをして体調を整え、そこから先のことはまた考えよう、と新道は決めた。

うとうとしながら、短い夢を見た。

白い空と青い地面が、どこまでも広がっている。子供の泣き声が聞こえる。最初は悲しげに泣いていたのが、だんだん怒りを込めた叫び声になっていく。青い地面を、すうっと大きな鳥が滑っていく。

窓を叩くコンコンという小さな音で、目が覚めた。

「大失点ね」

尚子だった。なぜか勝ち誇った様子で、助手席に身を滑らせてくる。

「講義が終わる十分前までには、校門前に車をつけておかなくてはいけないはずよ。私を正門から十歩以上歩かせてはいけないの」

ここは正門から二〇メートル以上離れている公園の脇だ。

「初日なもんで」

「私には関係ないわ。失態は失態よ」

「それで。お父様に言いつけて、私の手首も弁当箱に入れるのか」

そう言うと、尚子は嫌悪を剝き出しにした顔で新道を睨んだ。

「口の利き方に気をつけなさいと言ったでしょう。私は雇い主。あなたの主人よ。その下品な喋り方はやめて。敬意を表しなさい」

「承知いたしましたでございます、お嬢様。これでいい？」

「……あなたと話していると頭痛がしてくる。早く次の予定に移動して」

新道は隅田のメモを見た。几帳面な字で「お華のお稽古、料理教室」と書いてある。他にも茶道、着付け、和裁、ピアノに英会話と毎日休む間もなくびっしりと習い事が詰め込まれている。思わずまじまじと尚子の横顔を見る。

「何なの。人をじろじろ見るのは失礼よ」

「こういうのって、楽しい……んですか」

「どういう意味？」

「お華とか、お茶とか」

尚子は鼻で笑った。普通、人は笑うと少し幼く見えるものだが、尚子は笑うと妙にろうたけて見えた。

「楽しみのためにやるものじゃないわ。これは教養よ。女というのは結婚する前にそういうものを身に付けておかないといけないの。常識よ」

「へえ。私はどれもやったことないけど」

「それは、あなたが醜くて貧乏な田舎者だからよ。育ちの悪い人って、自由で羨ましいわ」

へっ、と鼻で笑い返して、新道はエンジンをかける。

「どう煽《あお》っても、私は安全運転しかしませんよ。お嬢様」

そう言うと、尚子は微かに頰を赤くしたような気がした。

運転手兼ボディガードとしての新道の仕事は、土日も祝日もまったく関係が無かった。尚子が休まないからだ。休日も細々とした予定がぎっちりと詰め込まれている。世の中にはこんなにお稽古事というやつがあるのか、とぞっとした。乗馬や弓道まで習っている。体力を持て余したタイプには見えないのに、尚子は不満も言わずにそれらを黙々とこなしている。学校の授業すらかったるかった新道から見ると、脳みそがどういう作りをしているのか不思議でならない。そんなにいろいろ詰め込んで爆発しないか、と聞いてみたくなるが、尚子は必要最低限の命令か、言葉だけお上品な罵倒しか新道に投げてこない。

奇妙なのは、尚子が御学友たちとつるんでいるところを一度も見ないことだ。送り迎えをしていると分かるが、他の学生たちはとにかく二人、三人、時にはそれ以上で団子のように固まって行動している。尚子のように一人でキャンパスに入り一人で出てくる娘はごく少数だ。みな金持ちのお嬢様らしい雰囲気だが、それでもミニのワンピースや派手めのメイクをしたギャルっぽい格好の子がけっこういる。つるんでいる子たちは、それぞれ似たファッションをしていることが多い。尚子のような古風なスタイルの娘は、他にいなかった。

大学生たちは、自分とそう歳が変わらないはずなのに、妙に幼く見える。新道は大学を出ていない。行こうと思ったこともない。大学だけでなく、小学校も中学校も高校も、自分には馴染まない場所だという違和感を抱え込んだまま通り過ぎた。同じ年頃の子供がごちゃごちゃと寄せ集められたあの空間は、年頃しか同じでない異物をゲロのように吐き出そうとする。自分はゲロだ、と思いながらひよこのように弱い個体に囲まれて過ごしたあの時間が何だったのか、今もってよく分からない。勉強というやつも、内容はほとんど覚えていない。あの門の向こうで一人で勉強して、一人で習い事をして、毎日毎日何かを学んでいる尚子は、異物ではなく同じものとして世間に受け入れられているのだろうか。


その日の最後の習い事の料理教室を終えた尚子が車に乗ったとたん、甘ったるく香ばしい匂いが漂ってきた。思わず鼻を鳴らすと、じろりと睨まれた。

「犬みたいな真似はよして」

「お菓子ですか」

「フロランタンよ」

「風呂……なに？」

「知ってるわけないわよね。フランスの焼き菓子。アーモンドを使うの」

膝の上のお稽古事用のバッグから白い紙箱を取り出す。

「ほら。見たことないでしょう？」

中には、一口大の四角くて茶色い、キャラメルのようなものがちんまりと入っていた。甘い匂いが広くない車内いっぱいに広がる。

「甘いんですか」

「お菓子なのよ。当たり前でしょう」

それは失礼しました、と適当に返事し、車を走らせる。甘いものは特に好きでもないが、夕飯前の空腹にアーモンドの香りが突き刺さる。自然と息を吸い込んでしまう。すると、菓子の匂いに別の甘い匂いが混じっているのに気付く。石鹸、シャンプー、洗剤。女物の匂い。女用のものは、どうしてこう甘い匂いが付けられているんだろう。

「――子供ができたら、お菓子は全て手作りにするの。当たり前のことだけど。愛情込めて毎日、きちんとした食事と一緒に丁寧に作るわ。それが母親のつとめだから」

「はあ」

ハンドルを切りながら尚子の話に適当に相槌をうつ。

「私のお母様は桃の節句に桜餅を作ってくれたのよ。和菓子は洋菓子よりも作るのが難しいんだから。私も女の子を産んだら桜餅を作るわ。でもまずは男の子を産まないと。あなたのお母様は？　何を作って食べさせたら、そんな熊みたいに野蛮に大きく育つのかしら」

「知りません。親の顔、見たことないんで」

返事は無かった。気まずい空気だけが流れる。新道は別に気まずくないが、尚子が居心地悪そうにしているのが伝わってきた。意外と小心者なのかもしれない。いい気味だ。鼻歌でも歌いたい気分でハンドルを切る。

屋敷に着き、母屋の入り口まで車を寄せて停める。そこだけで新道のアパートよりも広い玄関には煌々と明かりが灯っていて、入り口には常に見張りとして白シャツが二人立哨《りっしょう》している。運転席から降り、助手席のドアを開けると、むっつりしたまま出てきた尚子が紙箱を押し付けてきた。

「いらないから、捨てておいてちょうだい」

まだ焼き立ての温度が残る箱を手にして、新道は足早に屋敷の中に帰っていく尚子の後ろ姿を見た。


ガレージに車を入れ、そのまま離れに向かう。図々しく上がり込むうちに、なし崩し的に新道の分の夕飯も用意されるようになった。食事作りは白シャツたちの当番制らしく、壁に給食当番のように表が貼ってある。

今回のことでヤクザの事務所というものに初めて足を踏み入れたが、想像より整然としていて、やっている稼業の中身は別として皆毎日朝に起きて顔を洗ってお仕着せの白シャツを着て真面目に働いており、正直拍子抜けするものがあった。掃除片付けをしないと先輩格のビンタが飛び、お茶汲みや接待のための礼儀作法を注意される。〝上〟の幹部や親分クラスはだいぶ好き勝手な生活をしているらしいが、この離れに詰めている下っ端たちはまるで刑務所か少年院にでもいるように暮らしている。こんな生活が真顔でできるなら、普通に堅気になれるんじゃないのかと新道は内心で思ったが、それでも時折、白シャツたちの皮膚の薄皮一枚下に、素っ堅気の人間からは感じられない熱源のようなものが潜んでいるのを感じ取る。それは新道の内側にもある馴染みの深いもので、なんという名前かは知らないが、とにかくその熱源は暴力を餌に育ち、暴力を求めている。

食堂に使われる大部屋に入ると、他の連中はちょうど夕飯を食べ終えようとするところだった。今日はカレーだ。一言もなく新道が部屋に入っても、特に咎《とが》められることもなくなった。ちくちくした視線は常に感じるが、一応、身分としては柳の部下という形らしいので、やたらと突っかかれないようだ。誰かの下にも上にもついたつもりはないが、静かに過ごせるならそれでいい。

台所に行き、一番大きいラーメン用の鉢に飯をよそい、カレーをたっぷりかけ、生卵を二個入れる。冷蔵庫に麦茶が冷やしてあったので、コップに注ぐ。作業台と小さい椅子があるので、大部屋には行かずそこで座ってがつがつ食べ始めた。

隣の部屋からはテレビの音声と笑い声や話し声が聞こえる。なんだか妙な感じだ。新道はカレーを機械のようにどんどん口に運びながら、作業台の上に置いた白い紙箱を見る。あのお嬢さん、ひねているのか素直なのか分からない。一口で食い終わってしまいそうなちんまりした菓子は、新道の生活に縁の無かったものだ。育った家では、おやつと言ったら出汁《だし》を取ったあとの昆布や煮干を味醂醤油《みりんじょうゆ》で甘辛く煮付けたものがたまに出たくらいで、ケーキなど上京するまで舐めたこともなかった。こういうものを毎日食わされ育てられる子供もいるのか、とぼんやり思う。

（そういえば）

車の中で尚子は〝お母様〟の話をしていたが、この屋敷の中では姿を見たことがない。柳にも誰にも説明されなかったし、どうも今ここには住んでいないらしい。離婚したか、死別したか。

「なんだこれ。どっから持ってきた」

顔を上げると、あの犬の手綱を握っていた西という男が新道を見下ろしていた。紙箱を指で弾《はじ》く。

「お嬢さんに貰った」

「ああ？　嘘つけ、どっかから盗んできたんじゃねえのか」

西は酒を飲んでいるようだった。他の部屋住みより少し年嵩《としかさ》で、眉を剃り落としたような奇妙な顔をしている。初日から、この西は特に刺々《とげとげ》しい顔で新道を見ていた。

「気になるならお嬢さんに聞いて」

「ふざけてんじゃねえぞてめえ！　死ぬか⁉」

西の手が箱を床に叩き落とした。中の小さな菓子が床に散らばる。騒ぎを聞いて他の白シャツたちが台所に集まってきた。

「おい！　ブタ女！　聞いてんのか！　気に入らねえんだよおめえよ！」

西は麦茶のコップを摑むと、まだ三分の一は残っていたカレーの器の中にじゃばっと中身をぶちまけた。

「うげっ」

激しいしゃっくりを我慢したような音が西の口から漏れた。椅子から立ち上がった新道の手が、その首を鷲摑みにしている。

「飯を粗末にしたな。私の飯を」

掌の下で、喉仏の骨がぐりぐりと動く。首の筋と筋の間に指を食い込ませ、その骨をぐっと押し込むと、ぜろぜろと必死に息をしようとする音が、鮮やかなピンク色になり始めた唇から漏れた。西は必死に爪を立てて手を外そうとするが、剝がれはしない。新道はそのまま、腕をゆっくり上に上げた。西の足の爪先が、床から離れ始める。

新道は、青い顔をして遠巻きに見ている白シャツたちに目を向けた。

「私からは、あんたらには喧嘩は売らない」

ぼたぼたと、降り始めの雨のような鈍い水音がした。西が吊られたまま失禁しだした。生暖かいアンモニア臭の湯気が床に溜まった水たまりから立ち上る。

「ただし、売ってきたら倍値で買う」

ぐるっ、と西の目玉が上を向いた瞬間、手を離した。どちゃっと自分の小便の上に尻もちをついて、そのまま気を失い床に倒れ伏す。

ふー、と溜息をついて、新道は流しに行き、洗剤で手を洗った。それから食器棚から新しい丼を出し、飯とカレーをよそった。


新道の昼間の自由時間は、尚子を大学に送ったあと、講義が終わり迎えに行くまでの間だけだ。その間に食事を詰め込み、車中で昼寝をする。屋敷に戻るのは嫌だった。あの世界は、ヤクザの世界は、誰かが誰かの力に怯えてひれ伏すことで成り立っていると新道は思った。連中らは面子だとか俠気《きょうき》だとか大層なことを言うが、それは上っ面《つら》だ。相手を怯えさせるための暴力があの屋敷の中に霧のように漂っている。昔郷里で感じた、純粋な力と力のぶつかりあいはあそこにはない。力が、せせこましい処世と交渉の道具に成り下がっている。

西に小便を漏らさせてから、離れでも屋敷でも直接ちょっかいを掛けられたり暴言を吐かれたりということはなくなったが、誰もが今まで以上に新道を異分子、招かれざる客として扱った。新道の方も居たくてこの屋敷に居付いているわけではないので、それが余計に不愉快だった。

屋敷の中で唯一気が落ち着くのは、犬舎だった。二棟目の離れの裏手にあり、屋根もある人が住めそうな立派な建物だ。中は三畳ほどの大きさで檻で区切られており、その鍵は西が管理しているので開けられないが、外から犬の様子を見ることはできる。あのドーベルマンと、シェパードなど全部で五頭が飼われている。

ドーベルマンの名前はシェリーというらしかった。西や他の白シャツがいない時を見計らって、新道は犬舎の前で時間を潰すようになった。最初は警戒していた犬たちも、毎日のように顔を出すうちに新道をこの屋敷の人間と認識したようで、いたずらには吠えてこなくなった。

檻の前にしゃがみこみ、コンクリートの床と毛布の上で寝そべっているシェリーを見る。餌はいいものを貰っているらしく、健康状態はいい。まだ若い。

祖父と一緒に死んだ三号の前に飼っていた犬、二号は、新道が生まれる前から家にいた。身体の大きさのわりには長生きだったはずだ。顔つきが少し変わっていて、いつも笑っているような顔をする犬だった。それを祖父に言うと、犬に「笑い」という感情はないと叱られた。本当だろうか。犬は笑わないのか？　喜びや怒りや哀しみがあるなら、笑いもあるんじゃないだろうか。物知りの祖父の言うことはだいたい信用していたが、これだけは未だに疑問だ。

「シェリー」

小声で呼んでみる。ぴん、と耳が立ち、じっと見つめ返してくる。首をかしげ、若い犬らしい好奇心に溢れているけれど、「この人間と仲良くしていいのか」という躊躇いも感じられる。いじましくて、新道は思わず微笑んでしまう。

「そんなに犬が好きか」

はっとして振り向くと、柳が立っていた。やはり葬式帰りのような姿で、癖のある煙草の匂いをまとわりつかせている。柳は檻の前に立つと、ちちちと小さく舌を鳴らした。シェリーは尻尾を下げ怯えたような表情になり、檻の隅に行ってしまった。

「あーあ、すっかり嫌われちまった。お前のせいだな」

「……あんた、犬を殺す気なんてないんだろ」

「じゃあ逃げるか？　俺が殺《や》らなくても誰かは殺る。この稼業、一度吐いた唾は飲まねえんだよ。必ずお前を後悔させる」

「その前にあんたを殺す」

「お前には無理だ。多少は強いが所詮は女だ。俺が拳銃《チャカ》持ってたらどう殺る。ヤクザが本気になったら、お前なんざ穴一個増やして終わりだ」

鼻で嗤う。その音にシェリーがまたぴくっと耳を動かす。

「それより、仕事はどうだ。お嬢さんとはうまくやってるか」

「荷物にしてはうるさいけど、女子大生にしちゃ静かだから、運べてる」

くっ、と、柳は噴き出すのを堪えるような声を出した。

「それ、間違っても他の連中の前で言うなよ」

「あんたの前ならいいのか」

「三度くらいは聞かなかったことにしといてやる。仏の顔だ」

シェリー以外の犬の檻を覗き込んで冷やかしながら、柳は言った。

「まあしばらくは、お前はお嬢さん付き以外の仕事はしなくて済むだろ。人手が足らなくなるようなことでもない限り」

「人手なら大勢いるだろ。この屋敷で何がそんなに仕事があるんだ」

新道も、ヤクザの実働部隊は組長の屋敷ではなく各地にある組事務所に詰めていることくらいは知っている。ここはあくまで内樹の自宅のはずだ。やたらとたくさん白シャツの男がいるが、寺の小坊主みたいなものだろうと思っていた。

「たまに来る軽トラの連中、見たことあるか」

頷いた。あのヤクザらしくない軽トラ集団は週に一、二度屋敷を訪れ、内樹と母屋の書斎で長い時間何かを話し合っている。

「あれはな、親父が個人的に雇ってる探偵事務所の連中だ。手前の女房と間男を探してる」

思わず、柳の顔を見上げた。

「そう。お嬢さんのお母様。男のほうは親父が可愛がってた若頭で、長ドスのマサって有名な極道だった。もう十年以上逃げおおせてる。俺はとっくに高跳びしてるか、心中でもしてると思ってるんだが、親父は諦めてねえ」

十年以上。思わず呟く。

「お嬢さんはまだ小学校にも上がってなかったな。当時は俺もここで部屋住みの身だったからよく憶えてる。雨の夜に事務所で卓囲んでたら姐《あね》さんの悲鳴が聞こえて、慌てて駆けつけたらマサに斬られた親父が血塗れで倒れてた。親父はそれまでマサを信頼しきってたから、可愛さ余って憎さ百倍だ。俺がマサなら、もし見つかったら潔く自分で死ぬね。どんだけえげつねえ拷問にかけられるか、分かったもんじゃねえ」

犬の匂いに混ざって、ふっとあの腐臭が蘇ってきたような気がした。

「お嬢さんがまた、気味悪いくらい姐さんそっくりに育っちまったのもいけねえな。だから親父は虫よけにやっきになってんだ。あの手首の男だって、本当は車を降りるお嬢さんを紳士的にエスコートしただけだって話だ。お前も女だからって安心はできねえぞ。指一本触れないほうがいい。手前の腸《はらわた》で縄跳びさせられるはめになる」

「ご忠告どうも」

柳はピースに火をつけ、溜息混じりに煙を盛大に吐き出す。

「——正直、俺もうんざりしてんだ。どんだけ必死に稼いでも、金は親父の間男探しとお嬢さんの花嫁修業代に持ってかれちまう。姐さんも、どうせならあの子も連れてきゃよかったのによ。おかげで俺は手下を食わせるのにもヒーヒーだ。この屋敷や組の事務所だっていつまで維持できるんだか。パッとしねえ話よ」

「どうして、そんな話を私にする」

「お前が余所者の半端者だからだよ。同じ組の連中にこんな愚痴こぼしたら、指が飛ぶ」

「私が告げ口したら？」

「誰がお前の言うことなんか信じると思う。この業界はな、こと信用においては聖母マリアさまより泥棒乞食でも男の方が上なんだよ」

けらけら笑う柳に背を向ける。

「どうした。悔しいか、一丁前に」

「餓鬼じゃないんだよ。そんなことはとうの昔に知ってる。何が〝この業界〟だ。世の中みんなそうだろう」

「ほう、若いのになかなか達観してんな。そうよ、この世はろくでもねえ。何事も諦めが肝心だ」

新道の足元にぴんと吸い殻を弾き飛ばし、柳はふらふらとどこかに去っていった。

II

開け放した窓から雨音が聞こえてきたのに気付き、芳子は慌ててサンダルをつっかけ縁側から外に出た。狭い庭に干してある手ぬぐいや肌着を急いで籠《かご》に入れ、家の中に放り込む。空が急に暗くなり、遠くで雷の唸りが微かに聞こえた。一足先に梅雨が来たような、五月らしくない天気だった。

幸い、洗濯物はそこまで濡れていなかった。部屋干しすれば大丈夫だろう。ふーっと一息ついてから、家の中に戻り縁側の戸を閉める。ひゅうっと吹き込んできた風が、ゆるく結んだ芳子の髪を揺らした。白髪が多く、それが実年齢より老けて見える原因なのも分かっているが、染めも切りもせず放っておいている。顔に皺も少なく背筋もしゃんとしていて、髪さえ染めれば十以上若返るとよく言われるが、今更若作りしてどうなるの、と思う。

「正さん、ちょっと。洗濯物くらい取り込んでくれてもいいでしょ。雨、聞こえてるんでしょ」

　隣の茶の間では、古めかしいちゃぶ台に片肘をついた格好で、斉藤正がのんびりと新聞を読んでいた。今どきあまり見ないかっちりした角刈りの胡麻塩頭と首に巻いた手ぬぐいが、昔気質《かたぎ》の職人を思わせる。最近やや肥りぎみになってきた丸い背中は、なんとなく柴犬や秋田犬がおすわりをしている姿を思わせる。

「アタシも耳が遠くなってね」

　見た目に似合わない柔らかい声と言葉遣いでそう言うと、正は黒縁の大きい眼鏡をずらしてちろっと芳子を見た。

「口が減らないいんだから……」

　それでも、以前の尖った態度に比べると、正は身体だけでなく性格も驚くほど丸くなった。近寄りがたいくらいピンと張り詰めていた頃の面影は、もうほとんど見えない。冗談なんか絶対言わない人だったのに、最近はつまらない駄洒落を言ったり鼻歌まで歌うようになった。昔の知己が今の正を見たら、きっと腰を抜かすほど驚くだろう。

　それに、芳子も人のことは言えないくらいに変わった。昔は絶対着なかったような猫柄の派手なエプロンと明るい辛子色のセーターに目を落とす。長い間なるべく地味目の格好をするようにしていたけど、近頃はこんな歳でもあんまり地味過ぎると逆に目立つ。洋服はバスで出かける隣町のデパートで年に数着買う程度だが、最近は質素で地味な服は若い娘用で、派手な服は中高年向けに売られている。逆に昔はいつもきちっとしていた正は、一緒に暮らし始めたらすっかり楽な服装ばかりするようになって、最近はどこに行くのも膝の抜けたジャージで済ませてしまうようになった。

　歳をとったんだ、私たち。そう思いながら、芳子は正の背中を見る。手に手をとって、必死に走り出したあの冷たい雨の夜がもうそんなに遠い昔になっていることが、信じられない。共白髪まで一緒に居られるなんて、想像もしていなかった。

　長押《なげし》にハンガーをかけて洗濯物を干し終えると、夕飯の材料が何も無いのを思い出した。溜息をつきながら、芳子はカーディガンを羽織り、買い物鞄を肩にかける。

「ねえ、ちょっと買い物行ってきますよ」

「なんだ。わざわざこんな天気の中、出かけなくたっていいんじゃあないの」

「夕飯が白飯に梅干しだけでいいって言うんなら、そうしますけど」

正は顎をぽりぽり掻くと、新聞を畳んでよっこらしょと立ち上がった。

「じゃ、アタシも一緒に行きますか」

「ええ？　どうしたの、珍しい」

「たまにはいいでしょ。デートですよ、デート」

「何言ってんの……」

紺色のジャンパーを羽織り、正はさっさと玄関に向かった。芳子が慌てて後を追う。

雨脚はそう強くない。一番近いスーパーまで片道三〇〇メートルほど。中高年の足にはいい散歩コースだ。相合傘という柄でもないので、別々に安いビニール傘を差して歩く。

「このまま梅雨になるのかね」

「春が無かったね、今年も」

他愛のないことをぽつぽつと喋る。都会ではないが田舎すぎもしないこの小さな街は、ほとんどの住人が車で移動し生活しているが、二人は自転車も持っていない。歩ける範囲の店でだけ買い物し、用事を済ませる。どうしても遠出が必要なときは、一日十本も無いバスに乗る。つましいが、身の丈にあった穏やかな日々だ。

小高い山に囲まれた土地だが、一山越えれば海も近い。なので魚もうまいし、野菜もうまい。住まいは家賃の安い県営住宅で、贅沢をしなければ貧乏なりにのんびり暮らせる。何より、近くの大企業の工場で働いている若い世帯が多いせいか、田舎にありがちな過干渉な人間関係が無いのがいい。以前住んでいた街はやたらと噂好きで詮索好きな住人が多く、よそから移り住んできた芳子たちは格好の餌食になってしまい、とても生活しにくかった。ここはいい。静けさに埋もれて日々を過ごせる。

若い頃にぼんやり思い描いていた未来とは、まったく違う暮らしになった。少しだけ先を歩く正の胡麻塩頭を見る。年の差も、二人ともこんな歳になってしまえばあって無いようなものだ。

「正さん、あのねえ」

芳子が口を開いたとき、前方で空気を切り裂くような大きな音がした。

思わず立ち止まった二人の目の前で、白いミニバンが蛇行しながら歩道の縁石に乗り上げ、そのまま葬祭場の看板のポールに衝突した。フロントガラスいっぱいにエアバッグが広がり、車の下の方から煙が上がりだす。

「大変、事故、事故だよ」

正が慌てる。車の中からは誰も降りてこない。芳子は辺りを見回した。いつもは多少は車通りのある道のはずなのに、こんな時に限って誰も通らない。

「大変だよ、救急車を呼ばないと」

「でも……」

二人とも携帯電話を持っていない。救急車を呼ぶには急いで家に戻るか、スーパーまで走って公衆電話を使うしかない。

「子供だ」

正が小さく叫んだ。目を凝らすと、車には確かに子供が乗っているようだった。

煙はどんどん色濃くなって、焦げ臭いような薬品臭いような嫌な臭いが辺りに漂い始める。このまま放っておいたら、引火して車が爆発してしまうかもしれない。

「だめだ、放っておけないよ。助けよう。早く！」

傘を放り出しサンダルばきで車に駆け寄る正の後に、芳子も急いで続いた。

「大丈夫ですか！　聞こえますか！」

正がどんどんと運転席の窓を叩く。三十代くらいの男が座席とエアバッグに挟まれぐったりしていた。助手席には女の子がいて、パニック状態なのか、目は開いて肩で息をしているが、硬直してしまって動かない。

「正さん、どいて！」

芳子が近くに落ちていた割れた縁石のブロックを振り上げた。がつん、とガラスに当てるがヒビが入るだけで割れない。正は急いで助手席の方に回った。こちらは幸いすでに窓が割れていたので、手を入れロックを解除しドアを開ける。

「大丈夫？　怪我はない？　降りよう、ね！」

正が震える手でシートベルトを外し、黙って固まったままの女の子の身体を抱きかかえ引きずりだした途端に、とうとう車の後部で火の手が上がった。

「燃えてるぞ、離れろ！」

「もう少し！　もう少しだから！」

芳子のブロックがとうとう窓ガラスを割った。すぐにドアを開け、シートベルトを外して男を引きずり出す。

「もっと、もっと離れて！」

正は呆然としている女の子を抱きかかえ、走りだした。芳子も必死に男の身体を引っ張る。その時、ぼん、とくぐもった音がして、車が一気に炎に包まれた。熱風がぶわっと芳子たちに吹き付ける。

間一髪、炎は浴びずに済んだ。雨空を裂くように真っ赤な火の手と黒い煙が立ち上る。

芳子は脱力し、男を抱きかかえたままその場にぺたりと座り込む。振り返り、女の子の手をしっかり握って立ちすくんでいる正を見る。女の子は色白で小柄で華奢で、長いおさげ髪を垂らして目をいっぱいに見開いている。思わず、胸がぎゅっと痛くなる。

その時、わあ、とか、きゃあ、とかいう男女の叫び声が聞こえた。はっとすると、いつの間にか近くに停まっていた軽自動車の窓から、数人の若者たちがスマートフォンを持って燃える車と芳子たちを撮影していた。

「あんたたち！　救急車！　救急車呼んで！」

正が軽自動車に向かって叫ぶが、若者たちは叫びながらレンズを向けるばかりで車から出ようともしない。我に返ったのか、女の子が突然泣き出した。芳子が抱きかかえていた男も、呻き声を上げる。もう一台、海沿いの方から車がやってきて急停車した。飛び出てきた中年女性二人が、興奮して飛び跳ねながら甲高い声で電話をしている。消防と警察を同時に呼んでいるようだった。

軽自動車から、若い男が一人降りてきた。無言で近付いてきて、スマートフォンを道路に横たわる男とそれを抱える芳子に向ける。

「こら、やめろ。何してる！」

正が腕を振り回してそれを止めようとする。若い男は正の声が聞こえないかのように無視して、しかしレンズだけはしっかりそっちに向けている。

「正さん、駄目！　映っちゃ駄目！」

芳子が叫ぶ。正ははっとして顔を袖で隠して後ずさったが、爆発のせいか野次馬がどんどん増えていく。パトカーのサイレンが聞こえてきた。芳子は正に駆け寄りその背中にすがり、微かに震えだした。冷たい雨が全身をひどく濡らしているのに、そのときやっと気付いた。

III

「あなたは何なの？」

いつものように助手席に座ったと思ったら間髪入れずにそう言われ、新道はハア、と間抜けな声を出してしまった。今日のこれからの予定は、英会話の個人レッスン。高円寺の洋館に住む元外交官夫人というおばさんに、一対一で教わっている。だいたいの習い事は外に停めた車の中で張り込み中の刑事のように待っているが、このレッスンは新道も家の中に招かれ、別室で紅茶と高そうなケーキを振る舞われるので、少し気に入っている。

「ハアじゃなくて、きちんと答えてちょうだい。あなた、何者なの。女のボディガードなんて、やっぱり信用できないわ。男の人の力にかなうわけがないもの。どうしてこんなうさんくさい人を、お父様は雇ったの」

「それはこっちが聞きたいですね。私だってわけも分からんまま、無理やり働かされてるんです」

ビール瓶で殴られた頭の傷を見せつけてやろうかと思う。

「……強いの？　あなた」

「さあ」

「頼りないのね……私が誰かに拐《さら》われそうになったらどうするの」

「そういう経験、今まであったんですか」

尚子は下唇をきゅっと噛む。今日も合唱コンクールの舞台衣装のような古めかしいシルクのブラウスと臙脂《えんじ》の長いスカート姿。一見深窓の令嬢らしいが、口から出てくる言葉の九割は丁寧な悪態なのがおかしい。

「……結婚するまで、絶対に傷一つ付けられるわけにはいかないの。私だけの問題ではないのよ。あなたみたいな人には分からないでしょうけど。きちんとした女性には、婚約者がいるものなの」

へえ、と思った。あの親父なら嫁に行かせることも拒んで家に縛り付けておくような気がしたが。

「私の婚約者は、私のことをとても真剣に考えてくれているの。本当なら高校を卒業したらすぐに結婚するはずだったのに、今はそんな時代じゃないからって二年も進学させてくださったのよ。だから、恩返しのためにも最高の花嫁になる努力をしなきゃいけないの」

「難儀ですね」

思ったままを言うと、尚子の声のトーンが吊り上がった。

「何よ、それ。馬鹿にしてるの？」

別にそういうつもりじゃ、と言い訳する声に被せるように尚子の声がさらに大きくなる。

「本当に気に入らないわ。そんなに醜くて汚らしいのに、あなた、私をいつも憐《あわ》れむような目で見るわね。その小馬鹿にしたような言葉遣いも嫌いよ」

今日は虫の居所が特に悪いらしい。溜息をつき、尚子の顔をじっと見据える。

「あんたが敬意を見せろと言ったんだろうが。私はあの親父に腹かっさばかれて腸で縄跳びさせられるのが嫌なだけだ。あんたの後ろにいる親父が面倒なんだよ。あんた自体には思うところは何もない。興味もない。なんにもな。これっぽっちも。自意識過剰だ」

そう一息に言うと、尚子は途端に大人しくなった。改めてエンジンをかけて車を発進させる。けれど、すぐに様子がおかしいのに気付いた。

尚子は、助手席で声も出さずにぽろぽろと涙をこぼしていた。ぎょっとして思わず急ブレーキを踏む。

「ちょっと、どうしたの」

「どうもしない」

「どうもしないわけないだろ。腹痛い？　生理？　トイレなら——」

「違うわよ！　あなたどうかしてるんじゃない？　もう我慢できない。もう嫌！」

そう言うと、尚子は突然シートベルトを外してドアを開けようとした。即座にその手を掴む。

「離して！　私に触ったわね。女でも関係ないわ。あなたも殺されるわよ！　分かってる？」

泣きながら叫ぶように訴える尚子の声をかき消すように、クラクションを鳴らしながら四トントラックがすぐ側を走り抜けていった。

「さっきドアを開けてたら、あれに吹っ飛ばされてた」

噛んで含めるように言うと、尚子の唇がわなわなと震えだす。

「車降りるときはちゃんと後ろ、見な」

「嫌い！　大嫌い！」

尚子が甲高く叫んだ。

「ならお父様に替えの運転手を頼みなよ。私の首はあんたの部屋にでも飾っておいて」

「嫌い！　嫌いよ！　なんてひどいこと言うの！」

とうとう、尚子は身を折り肩を震わせて泣きじゃくりはじめた。摑んだ手から、だらんと力が抜ける。

なんだこれは、と、新道は泣く尚子のつむじを見つめた。何を泣くことがある。なんで泣く。わけが分からない。小さい子がだだをこねているみたいだ。女が泣くって、こんな声を出すのか。

しばらく待っても泣き止まないので、後部座席に手を伸ばし、そこに置いてあったティッシュボックスを尚子に差し出した。尚子は何枚もティッシュを引き出し、目元を押さえ、けっこう派手に洟《はな》をかんだ。

路肩に無理やりに停めたシビックの横を、他の車が迷惑そうにクラクションを鳴らしながら通り過ぎていく。尚子はさらにティッシュを取り、しゃくりあげる声は次第に静かになっていく。

「お嬢さんさ、今日は英会話なんて、無理なんじゃないの」

呼吸が落ち着いたのを見計らって、声をかける。

「……無理とか無理じゃないとか、そんなこと関係ないの。行かなきゃいけないのよ」

「電話一本すれば済むよ。今日は休みますって」

「休んでどうするの。私は他にやらなきゃいけないことなんて、ない」

もう一度、盛大に洟をかんでから尚子が言う。眼が真っ赤で、鼻も真っ赤で、つんと澄ましたご令嬢とはとても思えないご面相だ。

「……どっか行きたいとこあるなら、連れてってやるけど」

ぐしゃぐしゃのティッシュの下から、涙に濡れた瞳が新道をじっと見た。

尚子が指定したのは、学校から十分ほど走ったところにある喫茶店だった。毎週の着付け教室に行く途中に見かけていた店だ。煉瓦《れんが》の壁に蔦《つた》が這う渋い外観で、店の名前より大きく「珈琲専門店」という文字が看板にどんと書かれている。

店の中に入ると、ふわっと香ばしい香りに包まれた。空気が全てコーヒーの香りに満ちている。カウンターの奥には禁煙、と大きな張り紙がしてあった。テーブル席が五つ、カウンターが四席程度の小さい店。五十代くらいのマスターが、細いノズルの琺瑯引《ほうろうび》きのポットでコーヒーを淹《い》れている。スピーカーからは仰々しいクラシック音楽が流れていた。適当なテーブル席に新道が座ると、尚子も緊張した面持ちで対面に腰をおろした。

「この店、何か有名なの？」

飲み食いするものに頓着があるタイプではないので、新道はうまい店とか流行りの店をほとんど知らない。学生街や駐屯地の近くにあるような安くて盛りのいい店が好きだ。おそるおそるメニューを見ると、普段暇つぶしに入っている適当な店よりは少し高いが、法外な値段というわけでもない。まるで呪文のように、見たこともないコーヒー豆の種類が長々しい能書きと共にずらずらと並べられていた。尚子はそれを食い入るように読んでいる。子供のような見た目に似合わず、コーヒー通なのだろうか。

オーダーを取りに来たマスターに、新道はブレンドを頼み、尚子はマンデリンを頼んだ。ややあって、それぞれ種類の違うきれいなコーヒーカップが運ばれてくる。熱いブレンドを一口啜る。うまい。ような気がするが、正直よく分からない。香りは強い。尚子の方を見ると、澄ました顔で小指を立ててカップを持ち、つ、と一口黒いコーヒーを口にし……それから、慌てたようにカップを置いて、お冷《ひや》を何口も飲んだ。

「あんた、まさか」

「……何よ」

「まさかとは思うけど、飲んだことないの、コーヒー」

涙の跡のつく頰が、さっと赤くなった。

「……お父様が、女がコーヒーなんて生意気だからよせって」

「はあ？　なんだそれ。馬鹿か？」

思わず声に出してしまった。尚子が赤い目できっと睨みつけてくる。

「……で、どう。禁断の味は」

「苦いだけ。飲まなくて正解だわ、こんなもの」

カウンターの奥からマスターがじろっと視線を送ってくる。

「砂糖とミルク入れなよ。少しは飲みやすくなる」

テーブルの端に置いてあるガラスのシュガーポットを目の前に置いてやる。尚子は少しの間それを睨んでから、スプーンに四杯もざらめ糖をぶちこんだ。

「私の爺さんは、十二の誕生日にコーヒーを飲ませてくれた。初めて喫茶店ってものに入って、二人でコーヒー一杯ずつ。それが誕生日プレゼント」

「……お祖父《じい》様と暮らしていたの？」

「そう。十五の時は酒を飲ませられた。限界を知っておけって。すぐに気持ち悪くなってげろげろに吐いて最悪の誕生日だった」

赤い髪の毛を指先でくるくるといじりながら言うと、黒髪と黒い睫毛に縁取られた尚子の目がぱちぱちとまばたきした。

「十五歳は、お酒を飲んではいけない年齢よ」

「知ってる」

「変わった生い立ちのようね」

「お嬢さんほどじゃないと思うけど」

「聞いてあげてもいいわ」

「何を?」

「どうやったら、あなたみたいな人間が育つのか」

新道は思わず小さく笑った。興味があるなら普通にそう言えばいいのに。

「私は爺ちゃんと婆ちゃんに育てられた。すごく小さい頃は親父も一緒に暮らしてたらしいけど、ぜんぜん憶えてない。爺ちゃんは物凄いおっかない人だったけど、料理がうまくて手先が器用で、なんでもできた。婆ちゃんは優しかった。というか、大人しかった。ずっと布でぐるぐる巻きになってた」

「布で? どうして?」

「寒い土地だったから。婆ちゃんはそこよりもっと北の方の出身だったらしいんだけど、寒さには弱かった。一年中、家中の布を集めてそれにくるまって暖房の前から動かなくて、眼だけ見えてた」

薪ストーブの前にソファを置き、色とりどりの半纏《はんてん》やベッドカバーに埋もれて座っていた祖母の姿を思い出す。ニットの帽子をかぶり、その上からさらに毛布でほっかむりをし、足元も何枚も靴下を重ね履きし、レッグウォーマーもつけて、まるで象の足のようになっていた。そんな布のおばけのような中で、唯一、青灰色の二つの目玉だけが、祖母がそこに確かにいるという証拠として輝いていた。

「変わったお祖母《ばあ》様ね」

「今思うとね。家を出るまでそれが普通だと思ってた。そんなだから、家事も外仕事もだいたい爺ちゃんが一人でやってたな。婆ちゃんは、お話係だった。いろんな話を知ってるんだ。昔話とか、婆ちゃんが若い頃見た変な人の話とか。爺ちゃんの言いつけでテレビは禁止だったから、それが数少ない娯楽だった」

尚子はぱっと顔を輝かせた。

「私もテレビは禁止されているの。あんなものを見ると頭が悪くなるし、品が無くなるからやめなさいって」

「なるほどね。私もあんたも、おかげでお上品に賢く育ったね」

「……嫌な人」

　新道は笑った。

「でも、婆ちゃんのお話はテレビに負けないくらい面白かった。どの本や教科書にも載ってない話がいっぱいあった。私は鬼婆《おにばば》の話が好きだったよ」

「怖い話？」

「ちっとも。その鬼婆は、面白い家に住んでるんだ。森の奥にあって、鶏の足が生えてて、地面から床が物凄い離れてる。だから普通の人は入れない。鬼婆はそこを人間の骨で飾ってる」

「怖い話じゃない」

「鬼婆にとっては普通のインテリアなんだよ。そこで、人を拐って食ったり、家畜を呪ったりして生きてる。なんでも知っていて、なんでもお見通しで、魔法が使えて凄く強い。村人には怖がられてる。でも、心のきれいな優しい娘が丁寧にお願いすると、宝物をくれたり仕事を助けてくれたりする」

「悪者じゃないの？」

「悪いこともするしいいこともする。畑を焼き払ったりもするし、純真な娘が王子様と結婚してお姫様になるのを助けたりもする。鬼婆が何をするか、敵なのか味方なのか、出てきた最初は分からないのが、鬼婆話の面白いところ」

ぬるくなってきたブレンドを啜る。尚子も、小鳥がくちばしでつつくようにちょっとだけカップの中身に口をつけ、また眉をひそめた。

「それで、鬼婆はいろんなことをして、最後は退治されたり感謝されたりするんだけど、婆ちゃんの締めはいつも同じだった。『あんたも心のきれいな優しい娘になれば、鬼婆みたいな怖い人でも助けてくれるよ』って。どんな鬼婆が出てきても、最後にそれは絶対に聞かされた」

「それで、あなたは心のきれいな優しい娘になったのね」

「ご覧の通り。でも、私は本当は鬼婆になりたかった。そっちのほうが面白そうだから。雨や雷を降らせたり火をおこしたり、家畜の金玉を大きくしたり、面白いことがいろいろできて強くてかっこいいと思った。だから婆ちゃんにもお姫様じゃなくて鬼婆になりたいって言ったら、めちゃくちゃに怒られた」

思い出して、つい笑ってしまう。あのときは祖母が鬼婆に見えた。

「――私も、なるなら鬼婆の方になりたい」

ぽつりと、尚子が言った。

「あんたは、いい娘になって王子様と結婚するんじゃないの。そういうきれいな服着て、宝石とかつけて」

「……こんな服、好きじゃない」

突然、尚子の表情が曇った。

「こんな服も、髪型も、靴も鞄も好きじゃない」

「じゃあどうして着てんの。お嬢さんなら、いくらでも好きな洋服買い放題なんじゃないの」

「これは、お母様の服なの」

尚子は俯いて、小声で言った。

「お母様は、今は、お家にはいなくて……私の服は全部、お母様が残していったお洋服なの。どれも、元はお父様が買ったもの。お母様のために。昔は外商を家まで呼んでたらしいわ。それで、お父様の気に入ったものだけ買っていたの。部屋着もよそ行きも、全部」

ブラウスの、フリルのついた襟がエアコンの風に揺れる。どうりで古臭い服だと思った。実際古いものだったのだ。

「この髪型も……お化粧をしないのも、みんなみんな、お母様がそうしてたから。周りの人が私をダサい、古臭いって思ってるのなんて分かってるわ。でも、仕方ないの。お嫁に行くまでは、私は内樹の家のものだから。お父様のおかげでここまで育ったから、服くらい」

「でも、嫌なんでしょ」

「結婚したら、違う服が着られるわ。あと少しのことだから、我慢も辛くない」

「今度は旦那の好みの服を着させられるだけかも」

尚子は黙って俯いた。その子供っぽい顔、まだ高校生かそこらに見える尚子と、結婚という言葉が結びつかない。それにいくらお嬢さん教育をされているとはいえ、どこからどう見てもヤクザの家の娘を妻に娶《めと》るのは、堅気の男なのだろうか。

「一番嫌いなのは、これ」

尚子は人差し指でNのイニシャルのネックレスをつ、と引っ張った。新道が知る限り、毎日毎日、必ず身に着けている。

「これもお母様のお下がりなの。お父様が結婚して最初にプレゼントしたものなんですって。結婚するまで、絶対に外すなと言われてるの」

　そんなもの。まるで犬猫の首輪だ。新道は自分の首まで窮屈になったような気がして、肩をぐるぐると回す。

「――またその顔をしてる」

　尚子が冷たい声で言った。

「また、私を憐れむような目で見てる」

「いや、それは――」

「言っておくけど、あなたは間違ってる。私を不自由で物知らずな子だと思ってるんでしょうけど、違うわ。何もかも分かってる。あなたよりずっと。私は自分がどんな人生を送るか、よく理解してるの。同情に見せかけた見下しなんていらない」

　そんなつもりじゃない、と言おうとしたが、果たしてほんとうにそんなつもりじゃなかったのか、新道は分からなくなってしまった。

「美味しくない……」

　砂糖入りのマンデリンをしかめっ面で飲む尚子を見ながら、新道は名前も知らないクラシックにただ耳を傾けるしかなかった。

「嫌だわ。目が腫れてる……」

　喫茶店から出て車に戻ると、鞄の中から小さい鏡を取り出し、尚子は自分の顔を検品するような真剣さで見つめた。

「それくらい、明日には引いてる」

「分かってるわ。でもお夕飯のときお父様にどうしたのか聞かれるのよ。運転手にいじめられたって言ってやってもいいんだから」

「お好きに」

「……怒らないの？」

「怒ってほしいんなら怒るけど」

「……やっぱり嫌いよ、あなた。ひねくれてるわ」

　どっちが、と思ったが口には出さずエンジンをかける。

　日が延びたせいで、街はまだ僅かに明るい。夕暮れの中、退勤したサラリーマンや大学生や子連れの母親などがそれぞれのペースであちこちを歩いている。東京は、人が多い。移り住んで何年経っても毎日新鮮にそう思う。たくさんの人間がいて、誰もがばらばらだ。年齢も、仕事も、顔や身体や服の趣味も。ここにいれば自分もそのばらばらの誰かの一人として、埋もれて生きていける。

十分ほど走ってから、尚子はぽつりと口を開いた。

「道で轢《ひ》かれた子猫を見て、可哀想で泣いたって言うわ。お父様は信じるはず。昔一緒にお出かけしたとき、私は轢かれた子猫を見て泣いたから。お父様は優しい子だねって言ってくれたの。尚子は優しい子だって……」

独り言のような声だった。新道は黙って静かに、運転手に徹した。


夕飯は豚汁と飯と沢庵だった。離れの座卓の隅に座り、丼に大盛りにした飯を半分は真っ黄色の沢庵で食べ、半分は豚汁の椀にぶちこんで掻き込む。元々大食らいだが、昨日あたりから食っても食ってもやたら腹が減る。頭痛とだるさも多少あるし、そろそろ生理が近いな、と思う。そうなったらお嬢さんにナプキンを借りるわけにもいかない。明日は薬局で買い物をしておこう。そんなことを考えながら豚汁飯を最後の一粒まで食べきる。もう少し食いたい、と思っていると、眼の前にすっとおかわりの豚汁が置かれた。

「いいの？　サンキュ」

部屋住みの中で一番若い坊主頭が、ぺこっと頭を下げる。ありがたく、まだ熱い豚汁を啜る。

夕飯の後はめいめい片付けや掃除をしたり、交替で雀卓を囲んだりテレビを見たり見張りをしたりと、白シャツたちはそれぞれの仕事を始めるが、麻雀や野球を見る輪に新道が入れてもらえるはずもなく、仕方なく母屋に引っ込むことになる。部屋住みたちは離れにある風呂場で数人ずつ入浴しているようだが、それにも混ざるわけにもいかないので、新道は母屋の風呂を使うことを許されていた。尚子は毎日決まった時間に長風呂をするので、その後に入る。

脱衣所で服を脱ぎ、壁掛けの鏡で背中や肩を点検する。あちこちの傷はすっかり塞がり痣もだいたい消えた。

怪我の治りが早いのは、まだ若いせいもあるだろうが、祖父が「お前は天稟《てんぴん》がある」と何度か言っていたのを思い出す。身体が大きく丈夫なのも、傷の治りが早いのも、ただ鍛えただけで到達できるものではない。

なぜ祖父が自分を鍛えようとしたのか、または自分がそうしようと思ったのか、正直よく憶えていない。最初は、髪や目のことで自分をいじめる連中を負かしてやりたい、というような単純な願いがきっかけだった気がする。でも、それだけの動機ではあのしごきに近い修練にはついていけなかったはずだ。

盛り上がる腕と、割れた腹を撫でる。祖父の素性はよく知らない。教えてくれる人は誰もいなかった。お話好きの祖母も、自分と夫の話は馴れ初めすら語ってくれなかった。分かるのは、容赦のない人だったこと。死ぬほど強かったこと。孫娘を投げ飛ばし、木に吊り下げ、木刀で打つのに何の躊躇もしなかった。雪の積もる外で凍死寸前になるまで正拳突きをやらされ、組み手では三度、骨を折られた。けれど、新道はめったに泣かなかった。祖父に「やめるか」と聞かれると、首を横に振った。

楽しかったのだ。

力の中に身を浸すのが、楽しかった。自分が勝てばより楽しいが、圧倒的な力に晒《さら》されるのもぞくぞくした。痛みや悔しさすら刺激的で楽しかった。漫画や、音楽や、ファッションよりもそれはずっと楽しい娯楽だった。暴力は、気が付くと新道の唯一の趣味になっていた。

それでも向いていなければ、途中で諦め違う生き方をしたのかもしれない。でも、新道には天稟があった。少なくとも祖父はそう信じていた。生まれながらの才能。力を鍛え、力を振るうために生まれてきた。

柔道も空手も拳法も、道具や武器を使った戦い方も、実戦で使える暴力の技術なら祖父はなんでも知っていて、またそれを教えてくれた。流派など知らない。礼儀作法もない。禁じ手もない。目の前の相手を倒すための技術。武道ではなく、喧嘩。

十四歳のとき、通っていた中学の教師に剣道部に勧誘された。奨学金をとって強豪校に行くのも夢ではないし、新道なら国体優勝も目指せると言われた。けれどそれを祖父に伝えると、「武道を始めたら、もう一生喧嘩はできんぞ」と言われた。武道家は、暴力は振るえない。暴力は自由な人間のためのもの。どこにもいない、何にも属していない、祖父や、自分のような者のための娯楽。

そのまま十八歳になり、その間に祖母と祖父を見送り、あともう殴りあってくれる相手は熊くらいしかいなくなってしまった地元を出て、新道は独り立ちするために、新しい暴力を探すために東京に出た。

風呂に入り終え物置部屋に戻ると、急に眠気が襲ってきた。やっぱり生理が近そうだ。いつものように並べた座布団にどんとうつ伏せで寝転がる。

そのとき、小さなげっぷが出た。

(あっ)

違和感があった。げっぷが、薬臭い。

(しまった、やられた)

これは生理前の眠気じゃない。薬を盛られたんだ。駄目だ、寝るなと自分に言い聞かせたが、そのまま新道は眼を閉じ、気絶するように眠りに落ちてしまった。


夢を見た。白い空と青い地面が、どこまでも広がっている。子供の泣き声が聞こえる。最初は悲しげに泣いていたのが、だんだん怒りを込めた叫び声になっていく。青い地面を、すうっと大きな鳥が飛んでいく。ここは家の庭だ。一番大きい庭木に、祖父に逆さに吊り下げられたときの夢だ。積もった雪と青空が逆さになっている。長い間吊り下げられたままでいると、脳に血が溜まって死んでしまう。それが嫌なら、腹筋を使って身体を起こし、自分の手で足のロープを解《ほど》かないといけない。何度やっても、腹が耐えきれず途中でまたぶらんと逆さになってしまう。息が苦しい。死んでしまうのか。爺ちゃんは、私が死んでもいいと思ってるんだろうか。これができなきゃ、耐えきれなきゃ、死ぬしかないのか。息が苦しい。息が。

目が開いた。明るい。部屋の明かりがついている。

口の中に違和感があった。何か柔らかい、布みたいなものが押し込まれている。全身が重だるく、皮膚が床に張り付いているような感じがする。力が入らない。両手と、両足首が人の手に掴まれている。それだけでなく、胴体と太股には刺股の冷たい感触を再び感じていた。下半身が寒い。口に押し込まれているのが、自分の下着なのに気付いた。

「おい、さっさと突っ込め。ちゃんと撮れよ」

押し殺した小声が聞こえる。息遣い。四人……五人……六人。六人だ。こんな狭い部屋によく入ったものだ。自分のものではない、生臭い汗の臭気がむっと鼻先をかすめた。

「こんな汚ねえケツじゃ勃《た》たねえよ」

「嘘つけ、ビビってんだろお前」

「ならお前が先に突っ込めよ」

小声で情けない会話が繰り広げられている。

「なあ、やめたほうがいいんじゃねえか。柳の兄貴に怒られるよ」

「何が柳だ。あいつ、このブタ女のために俺の犬を殺そうとしやがった。——のくせに」

西のくぐもった声が聞こえた。西が首謀者だ。うんざりすると同時に、まずいと思った。他の部屋住みの前で小便漏らしをさせられた報復に、リスクを承知で本気で犯《や》ろうとしている。

どう反撃するか。普段なら簡単に弾き返せるが、まだ薬が効いて身体が重い。こめかみに汗が浮いた。焦るな。負けるわけがない。こんなくだらない連中に。新道依子が負けるわけがない。拳を握ろうとする。力が入らない。くそ。こんなことで。

「何をしているの」

その時、引きつった声と共に、ばん、と大きな音がした。誰かが襖を開けた。

「何をしているの！」

叫ぶような甲高い声。尚子だ。

「あ、あの、お嬢さんこれは」

尻の上で男らがパニックを起こしている。ばたばたと狭い部屋の中で立ち上がり、数人がズボンのチャックを上げる音もする。

「あなたたち、自分が何をしているのか分かってるの」

危ない、ここにいちゃだめだ、と言おうとしたが、下着が口から出せない。六人。尚子なんてひとたまりもない。逃げろ。早く。

「違うんですよこれは、この女にその、俺たち誘われて」

「そう。じゃあそれを今から全員で、お父様の前で報告しに行きましょう」

やめろ、挑発するな。逃げろ、お嬢さん。新道の言葉は声にならずに届かない。顔を上げることもできない。

「いや、待ってくださいお嬢さん、勘弁してくださいよ。男と女のことなんですから――」

媚《こ》びるような笑いを含んだ声で誰かが言う。次の瞬間、空気を割らんばかりの尚子の大声が響き渡った。

「出ていけ！」

ばんばん、と襖を叩く音がした。犬を追い立てるように。

「全員ここを出ていきなさい！」

男らは、まるでそうすれば全て冗談で済ませられるとでもいうふうに、へらへらと引きつった笑い声を上げながら、逃げ去っていった。

「どういうこと？　どうしたの？　起きなさいよ、何してるの」

尚子が部屋に入ってくる。べっ、とかろうじて下着を吐き出すが、動くのはまだ億劫だった。

「睡眠薬……か、鎮痛剤」

うつ伏せたまま目線だけでなんとか見上げると、淡いピンクのネグリジェ姿の尚子が、顔を赤くし、ぶるぶる震えていた。

「ひどい。なんてこと」

ぺたん、と新道の傍らに座り込み、尚子は丸出しの裸の尻に座布団を被せてくれた。

「たすかり……ました。ありがとう……ございます」

「やめて。何よその言い方。どうしてそうやって、こんなときまで馬鹿にするの」

「馬鹿に、してない。そうじゃないんです……あんたに本当に、敬意を感じてる……いま、はじめて。嫌なら、やめるけど……」

新道は尚子の震える拳になんとか手を伸ばした。

「怖かった、でしょ、あんたも」

ぎゅっ、と、小さな拳はさらに強く握りしめられた。

「怖くなんかないわ。私はヤクザの娘よ。あいつらはお父様の子分よ。こんなこと、少しも怖くない」

鼻で笑って見せる。そのまましばらく、二人とも黙りこくる。

また連中が踏み込んでくるかもしれないと思ったが、母屋は静かなままだった。尚子のシャンプーや、服の石鹸の匂いが生臭い空気を押し返していく。甘い匂い。女のものの匂い。息苦しさが、少しずつほどけていく。

「どうして……気付いたの」

そう言うと、尚子はふいににっこりと笑った。

「……この家で暮らしていると、足音に敏感になるの。それだけ」

今にもまた眠ってしまいそうな顔で、新道は尚子を見つめた。お嬢さん、十八かそこらで、なんでそんなに、悲しそうに笑う。

次の朝、いつも通り尚子の朝食を取りに離れに行くと、あからさまに空気が違っていた。風通しがいい。いや、人が減っている。四人、五人、六人……西を含んだ、部屋住みの姿が見えなかった。

多少は気心が通じるようになったと思っていた隅田が、今朝は強張った顔で一言も喋らず盆だけ渡してきた。他の連中も、まるで新道が見えていないかのように振る舞っている。尚子を必死に見ないようにしていたあの四隅の男たちみたいに。

今日の尚子のスケジュールは、珍しく午後からのテーブルマナー講座が一件だけだ。本当は午前中に乗馬のレッスンがあったが、雨なのでキャンセルになった。つまり新道も午後まで暇になるが、やることはない。走り込みをする天気でもないし、あの物置部屋で昼寝か腹筋でもして過ごすしかない。

部屋に朝食を運ぶと、尚子はいつも通りきちんと身支度をして起きていた。

「おはようございます。朝飯。食べます？」

「……大丈夫なの、あなた」

尚子の目の縁がうっすらと赤くなっているのを、新道は見ないふりをした。

「何かされたうちに入りませんよ、あんなの」

「そんなこと！」

ばん、と座卓を叩いて尚子が大声を出す。

「あんな、あんな酷《ひど》いことはないわ。女にとって一番の……一番の嫌なことでしょう」

顔を青くして震えている。新道は決まりが悪くなり、肩をもぞもぞさせた。

「一番やばくなる前に、助けてもらいましたから」

「私は許せない。許せないの、ああいうことは」

「お嬢さんがやられたわけじゃない」

「私は」

尚子は小さな口を、酸欠の金魚のようにぱくぱくとさせた。音を消したテレビを見ているように。切なげに眉を寄せ、拳を握り、何かを伝えたいと全身で言っているのに、言葉は出てこない。

「私は――」

その姿を見ると、なぜか胸がざわついた。昨夜やばい目に遭ったのは自分で、それを助けたのは尚子なはずなのに、まるで逆のことをしたような気になってくる。

「いいんです。いいから。気持ちだけで嬉しい。恩ができたし、これからは私もちゃんとお嬢さんのために働くから……働きますから」

すっかり冷めたいつものトーストの朝食をもう一度尚子の前に押し出し、新道は逃げるように部屋から出た。

あんな小鳥のような女相手に、なぜか少しだけ、怖いと思ってしまったのだ。

自分の飯を食べるために離れに戻ろうとする途中、渡り廊下から、柳の黒いフォードが敷地に入ってくるのが見えた。

「大変だったらしいな、おい」

誰もいない台所で立ったまま残り飯に生卵と味噌汁をぶっかけてスプーンで食べていると、柳がにやにやしながら入ってきた。

「何の話」

「ごまかすなよ。俺は耳が早いんだ。強姦《ツッコミ》されかけたんだってな。物好きもいるもんだ。ケツは無事か？」

そう言って腰のあたりに伸ばしてきた手をしゃもじで叩き上げる。殴り返してくるかと思ったが、柳はニヤついたまま手をさするだけだった。

「これでも本気で心配してんだ。そういう態度はねえだろう。薬使われたんだってな。身体は平気なのか」

黙って飯をがつがつと食い続ける。柳は顔を覗き込んできた。

「ははあ、睫毛も赤いな。てことは、やっぱり染めてるわけじゃねえのか、その髪は。お前、何と何の混血なんだ」

咀嚼《そしゃく》が止まった。ぐ、と力を入れて睨みつける。

「おい、違うって。そんなおっかねえ顔するなよ。俺もお仲間だ。まあ、お前と違って見た目じゃ分からんが」

オールバックの髪を気障《きざ》ったらしく掻き上げ、柳は懐から名刺を一枚取り出して見せた。仰々しい代紋の下に、柳永洙、とでかい字で書かれている。

「やなぎ……えいしゅ」

「お前らにはそう呼ばせといてるが、本当は違う。知りたいか」

「別に」

「教えてやってもいいぞ。俺の女になるなら」

眉をひそめる。思わず「ハア？」と大声が出る。

「マジな話よ。依子、俺の女になれ。そうすりゃ他の連中はもう一切手出しはしてこねえ。確かにお前は美女とは口が曲がっても言えねえが、俺はそれよりちっと蹴飛ばしたくらいじゃ壊れねえような丈夫な女がいいんだ。あっちの相性が良けりゃ多少のブスは気にしねえ。お前みたいなとんでもねえのを手懐けりゃ株も上がるし。『じゃじゃ馬ならし』だ」

「私は馬じゃない」

「バカだな。シェイクスピアだよ。そういう本があるんだ。こう見えてもインテリなんだぜ、俺は」

「じゃあなんでヤクザなんてやってる」

「分かるだろ。どんなにお勉強が出来たって、いい学校にもいい会社にも入れねえ。

血がついて回るんだ。所詮はチョン公だって、どこに行っても爪弾きだ。お前も似たようなもんだろ。でもこの稼業なら力があって頭も回りゃちゃんと評価される。はぐれもんや半端者がしのいでいけるのは、裏の世界しかねえのよ」

新道は柳を初めて、正面からまじまじと見た。髪は黒く、肌は黄色く、目は濃い茶色をしている。腰高の体型で鴨居に引っ掛かるくらいの長身は日本人離れしていると言えるかもしれないが、それだけだ。確かに見た目では分からない。

祖母は藁色《わらいろ》の髪と青灰色の目をしていたが、新道は赤茶けた髪と薄茶の目を持って生まれた。写真で見る限り父親は祖父に似て真っ直ぐな黒髪で東洋人らしい顔立ちをしているのに、その子である新道は一目で混血と分かる見た目をしていた。もしくは、詳しいことを知らない母親も他の国の人間だったのかもしれない。

「お前も男は必要だろ。俺にしとけ。そんでそのデカいケツから十人くらいガキをひり出すんだ。俺とお前なら、もう何がどれくらい混じってんのか分からねえのが出てくるだろ。そういうガキをこの国にたっぷり増やしてやるんだ。な、面白そうだろ」

「お前は糞だ。馬の糞野郎だ」

「馬と馬糞ならいい夫婦になれるな。どうせお嬢さんが結婚したらお前もお払い箱になるんだ。そんとき生きて放免してもらいたきゃ、俺にくっついておいたほうがいい」

「………」

新道は最後の飯を飲み込み、丼を流しに下げるていで柳に背を向けた。

尚子が結婚するまでこの仕事をやらされるのか、という気持ちと、尚子が結婚したら仕事が終わるのか、という妙な引っ掛かりを、同時に感じた。

無事に辞められるのなら今すぐ辞めて元の生活に戻りたい。そのはずだが、何か苛立ちが胸の奥に釣り針のように食い込んでいた。ややこしいことを考えるのは得意ではない。友達関係がどうの、恋人とどうのというちまちました話にも共感できたことがない。新道は自分の内心を掘り下げることも、試みることもほとんどしたことがなかった。その必要を感じなかったからだ。だから今の自分のこの苛立ちが、何なのかその正体が分からなかった。

「柳の兄貴、新道……さん、あの、会長が、お呼びです」

突然、白シャツがおそるおそるという風に台所の入り口に顔を出した。最初の夜以来、内樹に呼びつけられたことはない。思わず柳の顔を見上げる。

「新道さん、と来たか。出世したな、依子」

嫌な予感が、背中をじりじりと焦がした。


内樹の部屋は、やはり今日も線香の匂いがした。文机の上にはリポビタンDと缶コーヒーが並んでいる。

「急に呼び立ててすまんな。どうだ仕事は。順調か」

はあ、と頷いておく。

「なかなかよく務めてくれとるようだな。尚子もあんたを気に入っとるようだ。で……話だが、昨日、ちょっと悶着があったと耳に入れたもんでな。無体《むたい》をされたらしいな。怪我はないのか」

「ない。です」

「そうか。何よりだ。まあ、若い連中もいろいろ溜め込んでるもんがあったんだろう。あんたもこうして見ると、なかなかグラマーでイイ女だしなあ」

水に流せ、というやつかと思い、新道はしらけながら黙って畳の目を見ていた。

「……けどな。尚子の身の安全を守る役目のあんたを犯すってのは、これは尚子を危ない目に遭わせたのと同じようなもんだ。しかも、事の次第を見つけたのは他でもない尚子だっていうじゃあねえか。話を聞いてまったく驚いたよ。あいつらに代わって、この儂《わし》に詫びさせてくれ。悪かったたな、依子」

「はあ……」

予想外の言葉に、若干面食らいながら答える。

「あんたも嫁入り前の女だ。辱められてそのままハイそうですかとは引き下がれねえだろう。だからこれで手打ちにして、また尚子のため、この内樹のために働いてくれるか」

襖が開いて、隅田が入ってきた。手には、漆塗りの箱を持っている。

隅田の顔は遠目でも分かるくらいに真っ青になって、ひどい脂汗をかいていた。腐臭の一歩手前、まだ生々しい血の臭いがぷんとする。

正座する新道の目の前に、箱が置かれた。

「さあ、それは全部あんたの物だ。煮るなり焼くなり、好きにしてくれ」

唾を飲み込み、新道は、そっと蓋を開けた。四、五、六……六本の、根本から切り取られた大小の陰茎が、みっちりと漆箱の中に詰め込まれていた。

「――貰っても困る、こんなもの」

「親分のくれるものなら、糞の滓《かす》でもありがとうございますと言うのが極道だ」

私は極道じゃない、と言い返そうと思ったが、ふと、襖の向こうにかすかな気配を感じた。

尚子だ。

背筋がぞくっとした。これは尚子がやらせたことなのか？　そんなこと、考えられない。でも、内樹に言えば大事になるのは、分かっていたはずだ。

「……ありがとうございます」

箱に蓋をし、新道は深々と頭を下げた。

「うん、これで恨みっこなしだな。それでな、柳。この通り欠員が出ちまったんで、お前んとこの若いので見込みがありそうなやつ、何人かこっちに回しておけ」

「分かりました。今日中に揃えておきます」

柳も今にも吐きそうな顔をしていた。

新道は箱を抱えて足早に部屋を出た。廊下には、もう誰の姿も無かった。

「お前……どうすんだ、それ」

　後からついてきた柳が青い顔で箱を指差す。

「こっちが聞きたい。いい迷惑だ」

「声がでかい。離れ行くぞ、ほら」

　柳に追い立てられるようにして新道は離れに戻った。少し考えて、台所に行き、生ゴミを入れておくバケツに箱ごと捨てた。

「うわっ、ひでえことしやがる。なんて女だ」

　まるで自分のものが切られて捨てられたような顔をする。この部分だけに過剰に発揮される男らの共感をたびたび目の当たりにするが、新道にとっては女よりひとつ多い急所以上の意味はない。

「あいつが勝手に切って寄越したんだ。私が欲しがったわけじゃない」

「直接手を下してるのは親父じゃねえ。前も言ったろ、そういうのが好きな奴がいるんだ。そいつがやったんだ、多分……」

「知り合い？」

「前に同じム所に入ってた。宇多川って男で、池袋で豊島興業って看板を出してる。

最初は俺が親父に紹介したんだが、二人ですっかり意気投合して五分の盃《さかずき》まで交わしちまった」

豊島興業という社名には聞き覚えがあった。花屋でよく注文を受けている。高い胡蝶蘭や花輪を景気よく頼み、クラブやサロンや新しく開店した飲み屋や、代議士の事務所なんかに送っている。ヤクザらしく金払いは渋いし時に踏み倒されるが、逆らうこともできないし、時折紹介される他の仕事にうまみがあるので断れないと店主が言っていた。

「普通はこんなエグいことは下っ端がやる仕事だが、宇多川は親分になっても拷問だけは自分でやりたがる。真性の変態だ。自分がいっこも恨んでない相手でも、いたぶれりゃそれでいいんだ」

「じゃあ、私も何かへましたらそいつに切り刻まれるのか」

「縁起でもねえこと言うな。女は実の親でも見分けられないような顔にされるぞ。麻酔なしの整形手術だ。あれは完全にイカれてる」

柳がゲエ、と吐く真似をする。新道は蓋をしたゴミバケツを見た。

内樹が必死に探し続けているという元若頭と尚子の母親。二人も、もし見つかったらその男の餌食にされるんだろうか。

「お前もそのうち宇多川に紹介されるかもしれねえけど、大人しくしとけよ」

「なんで私がそんな変態に紹介されなきゃいけない」

「宇多川は……お嬢さんの、婚約相手なんだよ」

ぽたん、と流しで水滴が跳ねた。

IV

事故の現場から野次馬の影にまぎれるようにしてなんとか逃げ、芳子と正はずぶ濡れで家に戻ってきた。服を着替えたところで二人ともぐったり疲れてしまい、言葉も交わさず、行き倒れのように茶の間の畳の上でしばらく横になった。

女の子の泣き声と、おそらくその父親である男の青ざめた顔が芳子の頭から離れなかった。長い間――ここしばらく、忘れていた、緊張と血の匂いが鼻の奥に蘇ってくるようだった。

正と二人の静かな時間は、板子一枚下に地獄があるのを常にうっすら意識した上での穏やかさだった。あの車の爆発が、炎が、芳子には地獄の炎が足元に吹き出してきた合図に思えた。やっぱり、ただまっとうに老いて終えられる人生ではないのかもしれない。占いのたぐいは信じていないけれど、そういう星回りに生まれてきてしまったのかもしれない。芳子はそっと正の背中に額をつけた。のんきにすうすうと寝息を立てている。苦笑いして、そのまま芳子も、少し眠った。

数時間の後、どちらからともなくほとんど同時に目覚めると、薄暗くなった部屋の中で正はシー……と人差し指を口に当てた。

雨音はまだ続いている。この県営住宅は四世帯が繋がった平屋の長屋が五棟並んでおり、二人が住んでいるのは三号棟の端、すぐ横が山裾になっている若干日当たりの悪い部屋だった。その分、道路から離れているし夜は静かだ。静けさ。何よりそれを、二人は望んで、選んで、ここまでやって来た。同時に、逃げることを決めたあの瞬間から、それは一生手に入らないものなのかもしれないと覚悟していた。

雨戸も全て閉め、明かりは点けず、真っ暗の茶の間で芳子と正はただ向かい合って座っていた。

「ごめん」

正がぽつりと言った。

「何を謝るの。謝ることなんて、何もないでしょう」

「余計なことをした。いや、そもそもアタシが一緒に出かけるなんて言わなければ」

「過ぎたことをごちゃごちゃ言ったってしょうがないでしょう」

「でも……せっかく、この街では落ち着いて暮らせてたのにねえ……」

雨音の合間に、そう大きくない雷の音が聞こえる。

「こんな田舎の、死人も出てない自損事故でしょ。話題にもならないかも――」

ぴかっ、と台所の窓から光が入る。雷の音はしない。ぴかっ、ぴかっ、といくつもの明かりが、外で光っている。

どんどんどん、とインターフォンのないドアが叩かれた。

「あのお、すいませーん！　どなたかいますかあ。あの、I県放送の者ですけどお！　あの、こちらに斉藤さんご夫婦いらっしゃいますかあ！」

車の音、人の声、フラッシュ。二人は慌てて茶の間の襖を全て閉め、テレビをつけた。チャンネルをいくつか変えると、ニュース番組が流れる。

「――続いては、本日視聴者の方から提供された衝撃映像です。I県H町で爆発する乗用車から、危機一髪の救出劇。ヒーローはなんと、地元のご夫婦！　救助の瞬間をご覧ください」

若いアナウンサーが笑顔で紹介した画面には、女の子を抱えて逃げる正と、男を引きずる芳子の顔が、はっきりと映っていた。

「あのお、すいませーん！　斉藤さーん！　いますかあ！　テレビ局なんですけどお！」

家の裏の方からも、人の足音と声が聞こえる。

ちゃぶ台の上で、呆《ほう》けたように呟いた芳子の手を正がぎゅっと握る。

「どうしよう」

「どうする」

芳子は唾を飲み込んだ。今までのように、何もかも捨てて逃げて、また自分たちを誰も知らない土地に居付いて、一から暮らしを立て直していく。それを続けるしかないのは分かっていた。でも――一生？　一生、そうやって逃げ惑って怯え続けないといけないんだろうか。

「正さん」

芳子は正の手を握り返す。

「そろそろ……疲れちゃったな、逃げるの」

微笑んで見せたが、この暗さの中ではどうせ見えないだろう。それでも正が泣きそうな顔をしているのが、芳子には分かった。

V

　ここのところ、雨の日が多い。ニュースではこのまま梅雨入りか、日本各地で季節外れの豪雨到来と深刻そうな顔でキャスターが喋っている。雨だろうが何だろうが、新道の仕事は変わらない。ただ、前よりは多少やりがいめいたものを感じ始めてしまっている自分に気付く。尚子に朝食を届け、大学まで送り、お稽古に連れていき、屋敷に戻る。たまにさぼって、一緒にコーヒーを飲む。

　尚子は新道の話を聞きたがった。生まれ育った北の大地がどんな場所だったか、祖父の犬の話、祖母のおとぎ話、厳しく、強く、一度も笑顔を見たことのなかった祖父の話。逆さ吊りにされて見た白い空と青い大地の話。あの修行はきつかった。毎年、新道の誕生日に決まって行われる儀式のようなものだった。大きくなって筋力が上がれば楽にこなせるかと思いきや、それだけ背が伸びたので年々同じくらい辛かった。それでも、十四歳からは、吊られた瞬間に即座に縄を解けるようになった。

尚子は眼を丸くして、小さい女の子にそんな仕打ちをするなんて、と身震いした。でも新道から見れば尚子の暮らしのほうが大変そうだ。着る服を決められ、空恐ろしい変態男との結婚を決められ、何より、あの気色の悪い親父がすぐ側に居る。

新道は尚子の話も聞こうとした。けれど、尚子は多くを語らない。母親のことも、父親のことも、婚約者のことも、まるで能書きを読んでいるようにぺらぺらのことしか語らない。

それでも、二人で喫茶店で話しているとき、尚子のいかにもお嬢様然とした喋り方や、つんと澄ました表情がほどける瞬間が増えた。悲しそうでない、ただ面白がっているだけの笑顔も何度か見た。

本当は、普通の子なんだな、と思う。けれど、この環境で普通の女でいることは、おそらく、不幸だ。もっとイカれた馬鹿女なら、尚子は気楽に生きていけた。とりすました言葉も、態度も、身に付けた教養や趣味も、牙を持たない尚子の最後にして唯一の鎧《よろい》なのだ。新道は、自分がそれを剝いでしまっているのに気付き始めていた。剝がしてはいけないかさぶたを剝ぐように。それでも、まるで友達同士のように、他愛のない話をするのをやめられない。

思えば、新道の周りはいつも男だらけだった。黙って立っていても滲み出る暴力の匂いを嗅ぎつけられてしまうのか、女友達もできなかった。牙の無いか弱いこの女が、一番自分を怖がらない。

「お嬢さんは、結局どの習い事が一番好きなんです」

「乗馬かな。馬が可愛いから。あと和弓も好き。的を見てるとき、気分が落ち着く。他のことを考えなくていい感じがして」

新道は少し驚いた。自分も、打ち込みや組み手を無心にやっているときそんな気分になるからだ。

「なぎなたか弓なら、武道を習うのも許してもらったの。楽しいからほんとはもっとレッスンを入れたいんだけど、女らしくなくなるからだめだって。あなたはお祖父様以外にも、何かの道場で武術を修行したりしたの？」

「そういうのはぜんぜん。だから競技のルールとか、礼儀作法とかはさっぱり分からんです」

「今からでも習えばいいのに。私と一緒にやってもいいのよ。弓を射るのも、ただ射ればいいわけじゃないの。道着に着替えるときから、道場に入るときから、気構えがちゃんとしてなきゃいけないの。競争する相手にも、礼節をもって向き合わなきゃいけないのよ」

「そういう、堅苦しいのが苦手なんですよ」

「私は好き。すーっとした爽やかな気持ちになれる。やっぱり、礼儀作法は大切よ」

「喧嘩に礼儀も作法もないですから。ぶん殴って、倒すだけ」

「野蛮ね」

「だから、お嬢さんみたいな人を相手にこういう仕事をさせられてるんです」

「その、お嬢さんって呼び方、好きじゃない」

クリームのたっぷり乗ったホットココアのカップを持ちながら、尚子が言う。

「お嬢様？」

「もっと嫌」

「尚子様」

「い・や」

「尚子さん」

「うーん……まあ、いいかな」

今日は料理教室をさぼって、少し足を延ばして新宿まで来ていた。デパートでも映画館でもどこでもお供すると申し出たが、尚子はやはり喫茶店に行きたがる。

「ショッピングも習い事も、ある程度は結婚してからも許してもらえるはず。でも、こういう場所でゆっくりするのは、たぶん難しいと思うから」

最近できたばかりの真新しい店のソファに埋もれながら、尚子はそう言ってぼんやりと窓から新宿の雑踏を見つめる。

「私……憶えてると思う」

「何をです」

「これを。この景色を。ずっと。お婆さんになっても」

尚子の見つめる先には、ギターケースを背負った髪の長い男たちや、早稲田あたりのいきがった男子学生、早くもゲロを吐いている若いサラリーマンや道いっぱいに広がってさんざめく派手な女たちが尚子と新道の存在になど気付きもせずに歩き、通り過ぎて行っている。いつもの新宿の、どうでもいい、ごちゃごちゃした風景だ。そんな青春の一ページみたいな大仰な言い方で、こんなどうでもいい風景を思い出にしていいのか。それでいいのか。新道は思ったが、口にはしなかった。

「――そろそろ帰らないと。車回してくるんで、ここで待っててください」

会計を済ませ、近くのパーキングに入れた車を取りに行く。

夕飯の時間までには絶対に屋敷に戻らないといけない。夜は、尚子は内樹と夕食を摂る決まりになっている。その間は誰も部屋には入れないので、二人がどんな話をして親子団らんをしているのかは想像もできない。尚子本人に聞くのもなんとなく憚《はばか》られる。内樹はあんな寒気がするような下衆《げす》なのに、尚子は素直に尊敬しているようなのだ。少なくとも表面上は。

どんな奴でも、やはり親というのは特別なものなのだろうか。両親の顔も記憶にない新道には、それがどういうものなのか想像することしかできない。

益体《やくたい》もないことを考えながら、シビックを駐車場から出し、喫茶店の前の道に停める。

しかし、窓際の席に尚子の姿は無かった。

車を飛び出す。

「お嬢さん！」

大声で叫ぶと、通行人が何人かばっと振り向いた。

「尚子さん！」

新道、とかすかに応える声が聞こえた気がした。

急いでその方向を見ると、銀行前の歩道で、泣きそうな顔をした尚子が、見知らぬ男に手を摑まれているのが目に入った。男はてらてらした生地のスーツを着ていて、咥《くわ》え煙草でにやついている。中肉中背だが、今まで新道に喧嘩を売ってきた人間たちと同じ、ろくでもない暴力性を全身から発散させていた。

「尚子ッ！」

走った。拳を握り、目を見開いている男の方に突っ込み、面の真ん中に真っ直ぐに正拳をぶちこんだ。鼻の軟骨が潰れる独特の感触が手に伝わってくる。

尚子が悲鳴をあげる。男は中空に鼻血と折れた歯を撒き散らしながら、数メートル吹っ飛んで倒れた。すぐ近くに停まっていた銀のベンツから、体格のいいかにも筋者らしい男が飛び出してくる。くそ。またヤクザか。そう思い拳を構え直す。

「やめて……だめ！」

するど、尚子が突然腕にすがりついてきた。その顔は、今まで見たことがないくらい、ひどく青ざめていた。


「えらいことをしてくれたなあ。ええ？　依子よ」

線香の匂いの中、新道は畳の縁をじっと見つめていた。

書斎には、四隅の白シャツと、新道と、柳と、内樹と、そしてその傍らでじっとしている尚子の姿があった。

「申し訳ありません！」

腹から声を出し、ばっと畳に手をついたのは、横に正座している柳だった。

「俺がきちっと申し送りをしていれば……宇多川の叔父貴に何て詫びればいいか……」

新道が新宿の路上で鼻の骨と前歯をへし折った男は、尚子の婚約者であり内樹の兄弟分でもある、豊島興業の組長、宇多川剛その人だった。偶然、喫茶店にいる尚子を見つけて、こんな所で何をしているのか聞き出そうと店から連れ出したのだという。今は懇意の病院に担ぎ込まれ、全力で鼻を元に戻す処置を受けている。

「そうさなあ。監督不行き届きだわなあ。この腐れまんこ、宇多川くんの話も聞かずにいきなり殴りつけたそうじゃねえか。猿か？　どう責任取る。あちらさんはカンカンだ。慰謝料はもちろん、指の一本二本じゃあ、済まねえぞ、柳よ」

ぽたっ、と、柳のこめかみから汗が畳の上に落ちた。宇多川がどういう人物か、さんざん新道に脅して聞かせた柳は、これからどうなるのか全て分かっているのだろう。それを見て、新道に初めて、申し訳ない、という気持ちが生まれた。柳は何も悪くない。悪くないが、これから理不尽に嬲り殺されるのだ。自分のせいで。

「これは誰の責任だあ、柳」

猫が鼠を前足で転がすように、内樹はわざとらしく間延びした声で言う。

「それは——それは、じ……自分の……」

畳についた柳の手が、小刻みに震えていた。

「私の責任だろ」

遮るように、叫ぶ。

「こいつは関係ねえだろ。私が間違って、私がぶん殴ったんだ」

柳が（よせ、やめろ）というような顔で見上げてきたが、新道は挑発するように正座を崩してあぐらをかいた。

「連帯責任って言葉知ってるか。あんたは柳が拾ってきた。犬でも猫でもその不始末は拾ってきたやつの責任よ。だからまずは柳からけじめを付けてもらわねえとな。で、どうする柳。宇多川組長に直《じか》にお願いするか、長い付き合いのよしみで儂がお相手するか、どっちがいい」

柳は黙ったまま、ただ脂汗を流している。

その時、廊下を荒々しく歩いてくる足音が聞こえた。焦ったような白シャツの制止する声もする。

「すいませんね、お邪魔だったかな」

襖を開け、男が一人姿を現した。顔を真っ白い包帯でぐるぐる巻きにしていて、薬品ときつい香水の匂いを同時に撒き散らしている。そこだけ見える目は合法か非合法か何らかの薬物で瞳孔が開いており、そのまま踊るように浮ついた仕草で内樹の書斎の中を意味もなくぐるぐると歩き回る。

「おおお、なんだい宇多川くん！　大丈夫なのか、もう退院して」

内樹がすっとんきょうな大声をあげて、立ち上がって男を出迎えた。包帯の下の目が、新道を探り当て、見つめる。

「いやあ、ナースがひどいブスばっかりだったもんで逃げてきちゃいました。それに、僕の愛しいフィアンセも心配してると思いまして」

歯の抜けた不明瞭な発言で、それでも気障ぶった口調で、宇多川はスーツのポケットに手を突っ込み、またぐるりと部屋の中を見回した。

「宇多川くん、ほんっとうに申し訳ない。今回のことはね、儂はどんな償いもさせてもらうつもりだよ。もちろん、この二人は宇多川くんが好きにしてくれ。手加減は一切必要ない。場所も道具も準備しよう」

宇多川は、そう言われて初めて気付いたように、柳の顔を見据えた。

「兄弟！　どうしたんだ、こんな所で。久しぶりだなあ、稼いでるか？」

「……お陰様で」

「かたっ苦しい真似はよせよ。同じ臭い飯食った仲間じゃないか。いやあ、しかし、そうか。お前を殺ることになるなんてなあ」

ひっ、ひっ、と引き付けを起こしたような耳障りな笑い声をあげる。

「そうは言っても、僕とお前の仲だ。ム所じゃ随分世話になったし、あんまり苦しめたくはないなあ。薬はどうだい、柳。眠るように逝けるよ。優しいだろ。ああでも、お前みたいな武闘派をそんな殺り方したら逆に失礼かな。虎かなんかの檻に入れて死ぬまで闘うってのはどうだろう。もちろん、虎を倒したら無罪放免だ。いやあ、ぞくぞくするなあ。健闘しそうだなあ。強いもんなあ、お前は！」

興奮してきたのか、またひっ、ひっ、と引き攣《ひつ》り、畳の上を歩き回る。おもむろに内ポケットから煙草を取り出し、火をつけうまそうに深く吸い込む。

「問題は……こっちのご婦人だ。うーん、惚れ惚れするような立派な体格をしてるねえ。鶏ガラの栄養失調みたいな最近の若い日本娘とはモノが違う。丈夫そうだ。ちょっとやそっとじゃ壊れないだろうね。きみ、犬は好き？　僕は大好きでね、何頭も飼ってるんだけど、その犬の糞を犬の小便で溶いたやつをインクにして、顔に名前を彫ってあげる。その自己主張の強い鼻と唇はいまいちかな。削いじゃおうか。寝ちゃうといけないから、瞼《まぶた》も切り取らせてもらうよ。あと、その僕を殴った手は特に丁寧に扱ってあげたいなあ。一センチずつ、指先から切り落としていくのはどうかな。あ、止血はちゃんとするからね。すぐ死なれちゃつまらないもの。大丈夫、今は医学が進歩してるからね。年単位で生かしながら切り刻んでいくこともできるよ。それから……」

「やめてください！」

泣きじゃくるような叫びが上がった。尚子だ。這うようにして、宇多川の足元に行き畳に額を擦り付ける。

「お願い！　お願いします、宇多川さん。私、なんでもします。だから、酷いことしないで。お願いです。お願い……」

細い肩を震わせて涙を流す尚子に近づき、宇多川はすっと腰をかがめ尚子と視線を合わせた。

「いやあ、感動しちゃうなあ。僕のフィアンセはなんて優しい子なんだろう。——でもね、尚子さん。君が僕のためになんでもするなんて、そんなのはもうとっくに当たり前のことなんだよ。だってそうだろ、僕たち結婚するんだから。だから残念だけど、君にできることはなんにもないんだよ」

「ほ、ほんとうに、なんでもします。看病でも、身の回りのお世話でも、なんでもしますから……」

「うーん、困ったなあ。内樹の兄貴、どうしましょう。尚子さんにこうまで頼まれちゃ、僕も弱りますよ」

宇多川がわざとらしく言うと、内樹も芝居掛かった仕草で顎を掻いた。

「尚子、はしたないぞ。やめんか。未来の夫にみっともない面を見せるな。……そうだ、宇多川くん。いっそ、もう明日あたりからこれを住み込みの家政婦としておたくに住まわせるのはどうかな。せめてもの詫びだ。君んとことはこれからもいい関係でいたい。儂の代わりといってはなんだが、尚子に看病させてやってくれ。この子もそれを望んどるし」

「そんな、いくらフィアンセとはいえ嫁入り前のお嬢さんを男の家にお招きするわけにはいきませんよ。ねえ……尚子さん。二人は結婚初夜に初めて結ばれるって決めてるんだから」

宇多川はねっとりと微笑みながら、尚子の肩を包み込むように撫でさすった。そのスーツの股間は、隠すこともなくあからさまに勃起している。

「大丈夫……優しくするよ。決めているんだ。君との初夜の前は、一ヶ月の間絶対に射精をしないでおこうってね。君のために愛を貯蓄するんだ。僕の愛をたっぷりと受け止めてもらいたいからね……」

開きっぱなしの瞳孔で、宇多川は今にも食らいつかんばかりの近さで尚子の顔を覗き込んだ。蒼白を通り越し血の気を失って白くなっている尚子の眼が、怯えと絶望で震えている。

新道は、思わず腰をかすかに浮かせた。駄目とは分かっていてももう一度殴りたくて仕方がなかった。殴って……何もかも終わりにするくらい殴って、暴れて。ねちねちと嬲り殺しにされるくらいなら、ここで派手に暴れて、ひと思いに終わらせてやろうか。

その時、閉じていた襖ががたがたと開き、会長、という上ずった叫びがその奥から聞こえた。

「なんだ、誰も入れるなっつっただろうが!」

内樹が怒鳴る。しかし、おどおどしながら襖から顔を出したのは、白シャツではなくあの探偵事務所の、大学生風の男だった。

「なんだお前か。何の用だこんな時に」

眼鏡をかけた探偵の男はただならぬ雰囲気に顔を強張らせたが、這うようにして内樹の傍らに近づき、そっと何かを耳打ちした。

「なんだと」

不健康にたるんだ内樹の顔が、一瞬で赤く上気した。鬼瓦のようだった表情が、狂ったような笑顔になる。

「柳ぃ！」

「は、はい」

「お前、とことん運がいい男だな」

内樹はにこにこと目が無くなるくらいに笑いながら、尚子を見た。

「喜べ、尚子。お母様が見つかったぞ」

尚子と柳が息を呑む音が聞こえた。

「驚いたことに、あの腐れ外道もまだ一緒に暮らしてるそうだ」

思わず、尚子と顔を見合わせる。

「あいつら、舐め腐りやがって。日本どころか関東に居やがった。さんざん金を使わせて日本中探させやがって……最後まで馬鹿にしてやがる。こんちくしょうが」

内樹はすっくと立ち上がると、畳に手をついたままの柳の肩をばしっと叩いた。

「柳、お前、マサには随分憧れてたそうじゃねえか。ドスの扱いも習ったってのは、本当か」

「へ、へえ……何度か、ちょっとした手習い程度ですが……」

「闘《や》れるか、マサと。いくらドスの宮本武蔵なんて言われてようが、今やあいつも老頭児《ロートル》だ。かたやお前は右肩上がりの極道よ。勝てるだろ、お前なら、あの野郎に」

柳が震えながら顔を上げた。

「親父、それは、どういう」

「マサとあのアバズレをここに連れてこい。なるべく生け捕りでな。積もる話がたっぷりあるんだ。この俺を恋女房と再会させてくれや。な?」

にんまりと笑う内樹に、柳も釣られるように、口元だけで笑う。

「一つ……お願いしていいですか」

「おう、なんだ」

「新道も、捕物に連れていかせてください。こいつがいれば、絶対に二人とも生け捕りで捕まえられます。必要です、こいつが」

新道は目を見開いて柳を見た。何を考えているのか？

内樹は柳と新道の顔を交互に見ていたが、やがて声を低くして言った。

「逃げようなんて考えるなよ、柳。お前かその腐れまんこがケツまくったら、お前の子分と血縁は全員生きたまま擂身《すりみ》になって東京湾に撒かれる。無事にマサとあのアバズレを生け捕りにしてくれれば、お前の命は助けてやる。いいな」

VI

点けっぱなしのテレビのチャンネルは、朝から地元のローカル局に合わせてある。県内の地図が表示され、Ｌ字型に避難所や警戒区域の案内が流れていく。アナウンサーが朴訥《ぼくとつ》とした口調で同じことを伝えているが、雨音と、サイレンがそれを途切れ途切れに掻き消していた。

「どう。見える」

カーテンの隙間から外を覗く正に、芳子が言う。

「ああ……さすがにみんな、いなくなったみたいだ」

山裾の低い土地にあるこの県営住宅は、午前中から避難勧告が出されていた。すでに側溝から溢れた水が地面を覆い、床下浸水が始まりかけている。

家の中は、きれいに整頓されている。もともと持ち物は少なく、いつでも最低限の荷物で移動できるようにしてある。芳子も正も、部屋の中でスニーカーを履き、二人ともジャージやスウェットの動きやすい服装に身を包んでいる。足元にはリュックサックとボストンバッグが全部で三つ。しかし、いざとなったらどれも捨てていいものだ。貴重品はウエストポーチに入れ、身体に巻き付けている。正の背中には円柱型の細長い図面ケースが背負われていた。

「正さん」

「うん？」

「今度は、もう少しあったかいとこで暮らそうか。ここはいい街だったけど、冬が寒かったでしょ」

芳子が言うと、正が微笑んだ。

「それは、無事終わってから決めよう」

サイレンが鳴る。まだ家に残っている住民は今すぐ中学校の体育館に避難してくださいという言葉が繰り返し流れる。

この二日間、地元だけでなく東京のキー局からも集まってきたマスコミにべったりと家を囲まれていた二人は、一切外出することができず、部屋の明かりを点けず、トイレや風呂も暗いまま使い、家の中にある米と僅かな漬物だけで食事をし、機会を待った。この豪雨は恵みの雨だ。光が漏れないよう毛布を被せたテレビでは、例の動画が面白おかしく何度も放映され、助けられた父娘へのインタビューまで流れ、「県のお手柄ヒーロー夫婦」への注目が集まってしまっていた。局によっては二人の顔にモザイクをかけてくれていたが、どっちみち最初の放送でははっきり顔が出てしまっている。

「……私たち、まだ追われてると思う？　お互い老けたし、見た目もだいぶ変わったし、テレビで見たって分からないかも。それに、あっちがもう諦めてるかもしれないし……」

懐中電灯がつくか確認しながら、芳子が言う。

「あの世界のことはよく分かってる。どっちかが死ぬまでの追いかけっこ。それしかないよ。地獄の果てまでついてくる。面子って化け物を振りかざして」

正が静かに言った。その張り詰めた横顔に昔の面影を感じてしまい、芳子は複雑な気持ちになった。

「……あの親子、助かってよかった」芳子が言う。

「うん。それはほんとに。うん。そうだね……」正が頷く。

雨は勢いを弱めずに降り続いている。表に、光が見えた。道路を、光がいくつも進んでくる。ヘッドライトだ。昼間は役場の車が避難勧告のために何度も往復していた。でも、それと違ってサイレンも鳴らさなければ、スピーカーの音声もない。

「正さん……」

正が、芳子の手を強く握った。

「諦めない」

諦めるな、ではなく。正は確かにそう言った。芳子は頷き、手を握り返し、そして離した。

ヘッドライトが、県営住宅の敷地の前で止まった。他の住民が置いていった自転車や物置のプレハブに、強い明かりが反射して、それから、消える。辺りがまた、すっかり暗くなる。正はテレビを消した。芳子は懐中電灯をぎゅっと握りしめた。

数分の時間が、鉛のような重さと質量をもって部屋に充満しているような気がした。

突然、がしゃん、と二人の後ろで窓ガラスが割れた。雨と風がどっと吹き込んでくる。

「正さん！」

芳子は振り向いて懐中電灯をつけた。黒い服を着た背の高い男が窓から部屋の中に入ってくるのが、強烈な明かりで照らされる。

男の手には、ぎらぎらと光る刃物が握られていた。

「逃げろ！　外だ！」

正が縁側の戸を開け、走り出した。男の視線が一瞬、そっちへ向く。

芳子は懐中電灯——ジュラルミン製全長三〇センチのアメリカ製マグライトをまっすぐに侵入者の目に向けると、ボタンを押してフラッシュ点滅させた。ストロボのように激しく点滅するＬＥＤの閃光を男が思わず遮ろうとした瞬間、一キロ近い重量のライトを振り上げ、その手に打ち付ける。

くぐもった悲鳴が上がった。アルミ合金の下で骨が砕ける感触があり、男が数歩後ずさった。まだナイフは手放していない。そのとき、粗末な玄関ドアを打ち倒してもう一人侵入してきた。やはり黒い服で、ナイフの男より背は低いが、がっしりした体格をしている。武器を持っているかは分からない。

芳子はマグライトのスイッチを切り壁を背に立ち、二人の侵入者を見据えた。

腰を落とし、ライトを顎の下で逆手に持って水平にする。

背の低い方が動いた。即座にそちらにライトを向け点灯させる。強烈な光にふいに照らされたとき、人は必ず目をガードしようとする。そこに先刻と同じように、アルミ合金を打ち下ろす。

「てめえ！」

ナイフの男が叫んだ。右手に握ったナイフを突き出し突っ込んでくる。左手はおそらく折れたばかりで激しい痺《しび》れと痛みに襲われ、まともに動かすことはできないだろう。そのだらりと垂れた左腕で体幹のバランスが崩れ、ナイフが突進してくる勢いが削がれた。芳子は闘牛のようにナイフを避けると、その右手を摑み、ナイフの刃先を背にしていた合板の壁に突き刺し、動きが止まった一瞬で右肘にマグライトを叩き込んだ。ぼこっ、と鈍い音がして肘が外れ、悲痛な叫びが上がる。これで両手は使えない。そのままライトの軸を横に薙ぎ払うように動かし、横っ面をぶん殴る。男の口から折れた歯が飛び出た。芳子は膝を上げ、前蹴りを男のみぞおちに叩き込んだ。男は吹っ飛んで、背中からちゃぶ台の上に落ちそのまま畳の上に転げ落ちる。全て一瞬の出来事だった。

不明瞭な叫び声をあげながら、もう一人が動いた。

「があっ！」

右足で重そうなミドルキックを放ってくる。だが焦っているのか、間合いが近い。マグライトを縦に持ちキックを防ぐと、頭がちょうどリーチの届く位置に来ていた。

「シッ」

右拳で、こめかみをえぐりこむようにフックを叩き込む。確かな手応えがあり、その男は脳震盪《のうしんとう》を起こしたようによろけた。その頭に、連続で拳を入れる。

「シッ」

二発。三発。

「シッ」

四発。五発。老いた女とは思えない強さと速さで、重い拳が次々と放たれる。

「シッ」

普通ではありえない、力を振るうことにのみ恵まれた肉体。今もその天稟は、消えることはない。

男はとうとう白目を剝いて、畳の上に仰向けに倒れた。

ばたん、と家の外で音がする。ヘッドライトが眩しく光り、水がせり上がってきた県営住宅の広い駐車場を照らした。

マグライトを手にしたまま、外に出る。

黒い巨大なアルファードから、傘を差した若い男と、枯れ枝のように痩せた老人が降りてきた。

その姿を見て、芳子は——新道依子は、晴れやかに笑った。

「久しぶり！」

雨に負けないよう叫び、手を大きく振る。懐かしい友に会ったように。

「四十年だよ」

新道は叫ぶ。

「四十年だよ、宇多川さん。まだそんなに私が憎いの」

新道が言うと、宇多川も満面の笑みを見せた。小枝のような手で小さい水筒のような黒い機械を摑み、自分の首に押し当てる。

「ころしてやる」

電気式の人工声帯から、抑揚のない機械音声が響いた。新道は力なく笑う。

「あんたもそんなヨボヨボで、私もすっかり婆さんだ。暴対も厳しくなった。今はしのぎも大変なんだろ。もう昭和じゃない。七〇年代なんて大昔だ。あんたも私も、この世に居場所はない。鼻を折ったのは謝るよ。もう、止めにしないか」

「こ　ろ　し　て　や　る」

「しつこいね。だから嫌われるんだ、あの子にも」

宇多川の眉が吊り上がり、肌色が怒りで赤くなった。

「おんなはどこだ　おれの　かえせ」

「尚子さんのこと？　はなっから、あんたのものじゃないだろ」

「おまえはおれの　せんようまんこ　ぬすみやがった　あれを　てにいれるためどれだけ　かね　つかったか　いっぱつも　はめないうちに　にがしやがって　あのおんなと　あのぶたじじいのくみを　てにいれる　はずだった　おれのじんせいを　かえせかえせ　どこだ　あのくそまんこ　にげやがった　あのおんな　どこ

だ」

「そんなになってまで考えるのは、そのことだけか。哀れだね」

顔を赤くしたまま、宇多川が片手を上げた。車から、四、五人の男たちが降りてくる。手に手に、バールやフック付きの牽引チェーン、金属バットを持っている。

「どこだ　おんな　いきてるのか　いま　どこにいる」

じりじりと男たちが新道に近づいてくる。

「――知りたい？　今のあの人を。私らがあのあとどうしたか」

新道はそう言うと、バールを持つ男のジャージの太股にマグライトの明かりを当てた。次の瞬間、うなりをあげて、どこかから飛んできた黒い矢が、そこに突き刺さった。

VII

物置部屋の中で、新道は服を脱いでいた。

柳には荷造りして準備をしておけと言われたが、自分の荷物などほぼ無い。元からの持ち物は時計と財布と安全靴くらいだ。

今夜のうちに、群馬の高崎に飛び、そこで蕎麦屋を営んでいるという長ドスのマサ——柴崎政男と、尚子の母である内樹由紀江を生け捕りにしてくることが命じられた。無事遂行できた暁には、柳は命が助かり、新道も利き腕を一本落とせばそれで許すという条件が出た。わざわざ内樹が柳と新道に、そんな逃亡の恐れがあるような仕事を任せたのは、柴崎政男が掛け値なしの侠客だからだ。柳が言った。長ドスのマサは「ドスの宮本武蔵」とも呼ばれていたと。内樹の手下には、柳以上にその宮本武蔵と渡り合えるような使い手がいない。拳銃で撃てば生け捕りにはできなくなる。運がいいと言ったのは、そういう意味だった。

下着と靴下だけになり、部屋の隅の段ボール箱を開ける。古新聞を折り、帯のように腹に巻き、その上からさらにガムテープでぐるぐる巻きにする。両脛《すね》にも新聞を巻いて、それも上からガムテープで固定する。上から服を着て、ジャケットのポケットにボールペンを五本ずつくらい入れる。柳に言って匕首の一本も借りるべきだろうか。他にもっと使える得物《えもの》があれば……。

呼吸が、自分でも気づかないうちにゆっくりと深くなっていた。どうしたって、隠し立てできない。

楽しんでいる。殺し合いになるかもしれない道行きを。

拳が自然と握りしめられる。素手だ。やはり、素手でやりたい。そんなに強い相手なら、肉と骨にこの拳がめりこむ感触を、直に感じたい。長ドスで斬り付けられる恐怖を、肌身で感じたい。

ああ、自分はまともじゃない……。

新道は、初めてはっきりそう感じた。他人には何度も言われてきたけれど、そんなことはないと思っていた。でも、ほかの人間たちがおままごとのように営んでいる平和な世界の中で、自分が異物なのを、今はっきりと自覚した。だってこんなにも、こんなことになっても、暴力を求めている。洞窟で棍棒を振るっていた類人猿より原始的な衝動が、なぜか現世に生まれた身体に宿ってしまった。ちゃんとした人と人とが営む世間の中では、自分は目も当てられないくらい野蛮で、脅威で、危険だ。そういう人間は、たぶん、闘って死ぬしかない。

無事に柴崎と由紀江を連れてきたところで、どうせ約束は反古《ほご》にされ宇多川に殺される運命だろう。そのときがきっと、最後の大暴れになる。相打ちになるか、嬲り殺されるか。暴力と暴力のぶつかり合いになる。

深呼吸をする。胸がはやるのを抑える。

死ぬのは怖くない。嬲り殺される前に、刺し違えて死にたい。

(でも)

新道は胸を押さえた。自分が死んだら、尚子はどうなる。あの変態の妻として、無事に過ごせる保証はあるのか。尚子が少しでも宇多川の機嫌を損ねたら。宇多川と内樹の関係が悪い方に転んだら。そしたら。そしたら……。

その時、微かな音が聞こえた。

雨音にかき消されるような、しかしはっきりした音。

足音だ。廊下をゆっくりと、こっちの方に近付いてくる。体重の重い、男の足音。

新道は耳を澄ませた。足音は、尚子の部屋の前で止まった。襖の開く音がする。


『……この家で暮らしていると、足音に敏感になるの。それだけ』


ふいに、頭の中に尚子の声が蘇った。首筋の後ろが総毛立った。考える前に足が動いていた。部屋を飛び出る。最悪の予感と、そして、今まで見落としていたものがあったことが、雷のように新道の心を打ち砕いた。

ばん、と尚子の部屋の襖を開けた。

「てめえ……」

広い部屋に敷かれた布団の上、ごろりと、細い肢体が転がっていた。ほどかれた長い髪が畳まで重油のように溢れ、見開いた目は、新道がいるのにも気付かないように、表情もなくただ虚空を見ている。剝き出しにされた胸がかすかに上下しているのをとっさに確認し、新道は部屋の中に踏み込んだ。

壊れた人形のように寝転がった尚子に覆いかぶさり、内樹はその薄いネグリジェをまくりあげ、腐った陰茎のような汚い指で下着を引っ張り脱がそうとしていた。

「なんだ、依子。お前は呼んどらんぞ。出ていけ。相手が欲しけりゃ後で寄ってやる」

まるで悪びれず、蠅《はえ》でも入ってきたかのように迷惑そうな顔をする。

「何を、してる。あんた、父親だろうが……」

声が震える。刃物を持った相手の前でも、数人がかりで鈍器で殴られたときも、こんなに感情が動くことはなかった。

「儂の娘だから、儂がぶちこむ権利があるんだろうが。あの変態のところにやる前にできるだけやり貯めとかんと損だからな。お前のせいでこんな急な話に――くそっ、いいからお前らはさっさとあのスベタを生け捕りにしてこい。あれの目の前でもう一度尚子の」

内樹の声は突然途切れた。その喉、気道を、真横から黒いボールペンが刺し貫いていた。

「糞野郎……！」

何が起こったか理解が追いついていないように、きょとんとした顔をしている内樹を蹴り飛ばした。仰向けに畳に転がり、そこで初めて、水を入れすぎた薬缶《やかん》を沸騰させたような声が上がった。

「ごぼべご、がぼっ」

黄色い歯の間から、血が溢れてくる。その顔がどす黒い怒気に染まり、内樹は一息に首のボールペンを引き抜いた。

「びょり、ごぉっ、ぎざまっ」

その巨体からは信じられない速さで、内樹が起き上がり突進してくる。避けようとしたが、左の二の腕が掴まれた。万力で挟み潰すように、物凄い力で鷲掴みにされる。

「離せ、腐れ外道が！」

即座に右手でボールペンをもう一本掴み、内樹の左腕に突き刺す。はずみで他のペンはばらばらと床に落ちてしまった。

「ぎっ」

びくん、と巨体が跳ねたが、左腕は解放されない。筋肉が剝離し、上腕骨がみしみしと音を立て始める。折られる。

「くそっ」

ウエイトに差があり過ぎて、この体勢では投げられない。痛みに顔をしかめながら、金的を蹴り上げた。鈍い悲鳴と共に一瞬拘束が緩んだが、内樹は血塗れの歯で親指の付け根に齧《かじ》りついてきた。

焼けるような痛みに声を上げる。食い千切られる。もう一度金的に蹴りを入れ、拳をぶよぶよした腹に突き入れるが、内樹は力を緩めない。ぶつん、と歯が皮膚を食い破ってきた感触が伝わった。

「離せ！」

頭を殴ったら肉を食い千切られる。新道はもう一度腹に拳を叩き込んだ。離れない。

そのとき、興奮が閾値《いきち》を超えたのか、ふっと痛みを感じなくなった。

左手の一本くらいなんだ。ここで斃《たお》さなければ、殺られる。

新道は右手の親指を内樹の眼球に突き入れた。想像していたよりも硬い感触の眼球が、爪の上でごろりと動く。

「があぁっ」

叫び声をあげ、内樹が口を離した。涙のように血を左目から流し、もんどり打つ。すぐさまバックステップを踏み新道は距離を広げた。喉を潰すか。頭を連打するか。痛む腕より足のほうが使える。蹴りのモーションを取ろうとしたとき、内樹の横っ腹に黒い棒が生えた。

びくん、と内樹の動きが止まり、そのまま畳の上に崩れ落ちる。

腹にまっすぐに突き刺さっているのは、矢だった。

振り向くと、半裸のまま弓をつがえた尚子がいた。

「お嬢さん……」

神話の彫刻みたいに、裸の胸に長い髪を垂らして、細い和弓をしっかりと握り、内樹を、己の父親を見据え、静かな顔をしている。ただの的を見つめるように。

「尚子！」

新道が叫ぶと、尚子ははっと我に返り、弓を手から落とした。

「あ……。あっ、お父……様……」

尚子は呆然と、倒れてぜえぜえと荒く呼吸をしている血塗れの内樹と、新道を交互に見る。夢の中にいるようなぼやけた顔で、自分の目の前にあるものが信じられないようだ。

考えている暇はなかった。新道は尚子の手を摑んだ。

「来い！」

走り出す。部屋から出ると、騒ぎに気付いたのか、隅田が駆けてくるところだった。

「新道！　貴様、何をしている！」

すまん、と思いながら新道は飛び上がり、肘を隅田の脳天に叩き込んだ。ぐるっ、と目玉が上を向き、隅田は気を失いその場に崩れ落ちる。雨のせいで声が聞こえていないのか、他の白シャツたちはまだ来ていない。

いや、違う。新道は尚子を見た。内樹は、自分の娘を犯すために白シャツたちに母屋に入らぬよう人払いをしたんだ。

「どこに行くの」

尚子が小さい声で言った。

「とにかく、ついてきて」

中庭を突っ切り、裏からガレージに入れば車を取ってこれる。新道は尚子の素足を見て、それから、その細い身体を肩に担ぎ上げた。

「ちょっと辛抱してろよ」

靴下一枚で音をなるべく立てないように庭砂利の上を進み、ガレージの裏口まで辿り着く。運転に慣れているのはいつものシビックだが、馬力で考えるなら他の外車やスポーツカーを奪ったほうがいいかもしれない。だいたいどこに、どこまで逃げればいい。どこに。どこに？

「依子？　何やってんだ、お前……」

ガレージに入ると、そこには雨に濡れた黒いフォード・サンダーバードと、ぽかんとした顔をした柳が立っていた。

「お前……まさか」

肩に担いだ尚子と、血塗れになった新道の手を見つめてくる。

「柳……」

唾を飲み込み、新道は尚子を床におろした。言い訳を考えようと一瞬頭が猛回転したが、何も思い浮かばない。

仕方なく、腰を落とし、構える。

結局、これで切り抜けるしかないのか。

「おい、お前、本気か」

「冗談じゃ、あんたとは闘らない」

両手が使えても、柳相手なら五分に持っていくのもぎりぎりだ。ここで終わるかもしれない。でも、死ぬ気で闘れる。

柳が顔色を変えた。上着を脱ぎ捨て、足を広げ、構える。

「개새끼《ケーセッキ》（畜生め）……やっぱり、とんでもねえキチガイを拾っちまったようだな、俺は」

組み合ったら負けだ。リーチも向こうが格段に長い。一発で動きを止めなければ、やられる。向こうより勝っているのは、ウエイトだ。距離があれば飛び蹴りが効いたかもしれないが、ガレージの中では助走もできない。

柳が先に踏み込んだ。てっきり柔道で来るのかと思ったが、次の瞬間、剛速の蹴りが放たれた。磨かれたエナメルの革靴が顔すれすれを掠めていく。

「空手もやってたのかよ」

「これはテコンドーってんだ。覚えときな」

軽快にステップを踏み、笑顔を浮かべて柳はもう一度蹴り込んできた。右腕でガードする。そのまま足を摑もうとしたが素早く引かれ、返す刀で反対側の足のローキックを脛に喰らった。

「どうした、遠慮してんのか?」

顔をしかめると、柳は即座に構えを変えて襟を取りに踏み込んできた。ぐっ、と身体が浮く。投げられる、と思った瞬間、新道は自ら足を踏み込み飛び上がると太股で柳の腰の上部を挟み込み締め上げた。重心が急に上になりよろけた柳の額に、思い切り頭突きをかます。

「がっ!」

よろけて倒れそうになり、柳は新道の襟を手放した。即座に飛び退き、間髪入れずみぞおちに蹴りを叩き込んだ。蹴り飛ばされた柳はフォードのボンネットの上に乗ったが、すぐに構え直し、腰に挟んだ匕首を鞘ごと抜いた。

「俺にこれを使わせる女は、お前が初めてだ」

「だからどうした。びびらねえぞ」

左のポケットに一本だけ残っていたボールペンを取り、右手に持ち替え顎の下で構えた。

柳が、匕首を大きく振り上げる。

「シッ！」

腰を落とし、どうせ使い物にならない左腕で頭上をガードする。片腕を切り落とされても、右で反撃できる。渾身の力で、ボールペンを突き出した。

ぶつっ、と手応えがして、細いペンが柔らかいものの中に埋まった感触がした。

同時に、左腕に重い衝撃を食らう。痛み。

けれど、これは違う。斬られた痛さでも、刺された痛さでもない。

新道はすぐに飛び退いた。柳の頬に、ボールペンが深々と刺さり貫通している。

その手に握られた匕首は、鞘から抜かれていなかった。

「いで……うぇっ、くそ、やりやがったな」

がぱ、と口を大きく開き、頬から口腔内に入っているボールペンを見せつける。

「柳、お前、なんで」

「うるせえ……さっさと行っちまえ。恩知らずめ……くそっ、喋りにくいな」

瘦けた頰にペンをぶら下げたまま、柳は匕首を新道の胸元に放り投げた。

「もし捕まったら、すぐにこれで喉突いて自殺しろ。宇多川のおもちゃになるお前は見たくねえ」

「……どういうつもり」

新道と尚子を逃がしたことがばれたら、柳も絶対に無事では済まない。当然分かっているはずだ。

「もううんざりだ。あの親父も東京も、この稼業も。俺は家族連れて下関まで逃げる。最近、故郷まで行ける船ができたって話を聞いた。人生やり直しだ」

ぶつん、と、柳は頰からボールペンを引き抜いた。

「……一緒に来るか。女房と妹ってことにすりゃ、なんとかごまかして連れていける」

新道は一瞬だけ考えて、それから頭を横に振った。

「誰かの何かとして生きるのは、無理だ」

「馬鹿。女二人で逃げるのなんざもっと無理だぞ。すぐ捕まって細切れにされちまう。お前はともかくお嬢さんは耐えられねえ」

指を差された尚子は、薄いネグリジェから雨水を滴らせながら、柳をじっと見つめた。

「私、お母様に似てる?」

突然声を掛けられて、柳がびくっとする。

「私、お母様に似てるのかしら」

尚子はゆらゆらと水底に生えている水草のように身体を揺らしながら、柳と、それから新道の顔を順に見つめた。

柳は困ったような顔で笑った。

「……いや、似てない。全然似てないよ、お嬢さん」

それを聞くと、尚子は子供のようににこっと笑った。

シビックに乗り込み猛スピードで屋敷から出ると、尚子は助手席の窓を全開にした。乾きはじめた髪が、激しく波打ち暴れだす。

「私たち、地獄に落ちるのね」

新道はアクセルを踏みながら、風の音に負けないように、叫ぶ。

「ばーか、ここがもう地獄だよ！」

尚子は、手を伸ばして新道の腰に差し込まれた柳の、柳永洙《リユ・ヨンス》の匕首を抜いた。

「綺麗だな、地獄って」

そう言うと、自分の髪を一つに束ね摑み、一息に切り落とした。

窓から長い黒髪が投げ捨てられる。一緒に切られた金と真珠のネックレスが、アスファルトで跳ねて、砕けた。

VIII

屋敷を出たシビックは小一時間走り続け、繁華街から一本入ったビル裏の薄暗い道で停まった。雨はまだ降っている。新道は助手席でまどろむようにぼんやりしている尚子をちらっと見てから、車を降りた。

トランクを開けて中を漁ると、雨合羽が一着入っていた。あとはタイヤ交換の工具類。他に使えそうな余計な物は入っていなかった。

「降りて。とりあえずこれ着て」

助手席のドアを開け、ネグリジェ一枚の尚子に合羽を着せる。男物のゴム引き合羽は地面に付きそうなくらい大きく、尚子は黒いてるてる坊主のようになってしまった。

「これ、くさい」

「我慢しな。行くよ」

「車は？」

「置いてく」

新道は尚子を手招きし路地を進んだ。車はキーを付けたままだ。あとはこの辺りの悪餓鬼が盗んで乗り回し、適当に内樹會の捜索隊を攪乱《かくらん》してくれるだろう。でもそれも長くはごまかせない。

「痛っ」

小さな声に振り向くと、尚子が立ち止まり片足を上げていた。白い素足に、わずかに血が滲んでいる。

「乗って」

新道は腕を背中に回して腰を落とした。

「乗るって……」

「おんぶだよ。さっさとして」

早く、と鋭く言うと、おずおずと大したことのない重みが背に乗ってきた。新道の素足にも、尖った小石が食い込む。

「どうして、私を連れてきたの」

「今する話？　後にしてよ。靴と服を手に入れて、早く移動しなきゃ」

「どこに行くの」

「知らないよ。決めてない。あんたはどこに行きたい」

しがみつく尚子の腕に、ぎゅっと力が入る。

「……分からない」

雨が合羽に当たって弾けるような音を立てる。

新道は黙って歩き続けた。人通りの少ない道を選び、途中アパートのベランダに置いてあったサンダルを一足、別のアパートの軒先に下がっていた男物のTシャツとジャージのズボンを盗んだ。全て尚子に着せ、合羽は自分が着る。奇妙な格好には変わりないが、ネグリジェとぼろぼろのスーツよりはましに思えた。

「奈良と、京都」

歩きながら、尚子がぽつりと言った。

「奈良と、京都に行きたい」

「修学旅行かよ」

「行ったことがない。修学旅行。そんなに遠くに護衛も付けずに出かけるのは危ないからって。今まで一度も。東京からも、出たことがない」

新道は顔に降りかかる雨を拭った。地下鉄の駅の表示が見える。財布に残っている金がいくらか思い出そうとする。足りなくなったら、カツアゲでもなんでもやるしかない。なんでもやってやる。逃げ切らなければ。この子を生かして。

「じゃあ、行こう。電車乗って、京都行って、八ツ橋食って、大仏も見る。それから。あとは何がしたい」

「服が欲しい」

「いいよ。何着る」

「ジーパンが欲しい。スニーカーも」

人混みが、下水道のように地下鉄の階段へ吸い込まれていく。新道は尚子の手を握った。逃亡生活一日目の始まりだった。

六時になり、耳障りなベルが工場中に鳴り響く。新道も、周りの工員たちも手を止めて、やれやれとかふーっと言いながら外に出ていく。マスクと帽子を取ると、涼しい風が汗まみれの顔を撫でていった。一日中狭く蒸し暑い部屋の中でエプロンを縫っていた手が、ミシンの振動でまだビリビリしている。

「マコちゃん、あんたも今日『あん馬』行くか？　ビール冷えてるで」

パーマ頭の通称〝ヤッコちゃん〟と呼ばれている中年女が、新道の背中をばんと叩く。

「すんません、今日はちょっと……」

「なんや、やらしい顔して。男か？」

「違いますよォ、弟と約束してるんです」

「そんなこと言ってぇ、血の繋がらない弟なんと違うか。今度は付《つ》き合《お》うてよ」

「はい、お疲れ様ですゥ」

にこにこと笑って頭を下げ〝ヤッコちゃん〟を見送る。

千波真子、というのがここしばらく使っている新道の名前だ。尚子は「まこと」

と名乗っている。ややこしいが、誰かに呼ばれてとっさに反応できなかったときお互いと間違えたと言い訳するため、偽名は近い響きのものを使っている。着替えを終え、埃だらけの眼鏡を拭き、真っ黒く染めた髪をポニーテールに結い直して口紅をつけ、外に出る。

　東大阪の町工場で働き始めて、一年と少しになる。仕事中は顔も見せずに済み、黙々と作業していれば文句も言われない工場勤めは逃亡生活にうってつけの仕事だった。だいたいどこかしらには人手不足の工場があり、身元があやふやでも潜り込みやすい。下手に関西弁を使うと余所者だとばれやすいので、開き直って北海道のなまりをおおげさに出して喋る。そうすると「田舎から出稼ぎにきたどんくさい娘」という印象になり、からかわれこそすれ、警戒されることもなくなる。

　待ち合わせの喫茶店に、すでに尚子は来ていた。坊主に近い頭に野暮ったい大きい眼鏡、太い縞のポロシャツにジーパンを穿いている。喉仏のあたりを注意してよく見なければ、小柄な青年にしか見えない。

「ねーちゃん」

　新道を見つけて、手招きする。普段は外食なんてめったにしない。でも今日は、尚子の誕生日なのだ。

「ごめん、遅れた」

「ええよ、こっちも今来たとこ」

若さのせいか耳がいいのか、尚子はどこの土地に行ってもすぐに訛《なま》りを習得し、三ケ月もすれば地元の人間も聞き分けがつかないくらいにマスターしてしまう。習い事の成果か、何をやらせても器用にこなし、意外と薄汚い四畳間暮らしや野宿にも文句を言わなかった。

あの夜、髪を切り落としてから、尚子は女らしい格好をすることを拒み続けている。逆に目立つかもしれないと心配になったが、今のところ勤め先のホテルの食堂の洗い場でも特に何も言われずに働けているらしい。

男になりたいのか、と一度聞いてみたが、尚子は長いこと考え込んでから「分からん」と前より低くなった声で言った。

「分からんけど、もうスカートとかネグリジェは着たないわ。あれはなんか、違和感あんねん」

そのとき尚子はそう言って澄ました顔で熱いブラックコーヒーを啜った。逃亡生活の五年目が終わろうとしていた。

最近は喫茶店も随分様変わりした。古めかしい純喫茶の看板を出していた店が次々改装し、カフェ・バーだのプール・バーだの横文字を並べ始めている。新道が座っているのもそんな改装したばかりの鏡だらけの落ち着かない店で、仕事帰りの地味な服装が逆に周囲から浮いている。ここしばらくは中国地方を転々としていたが、それは内樹會の目の届かない所であるものを手に入れるためだった。今、新道は芳賀かおりという名で昼は事務職のパートをし夜はビルの清掃員をしている。尚子はカオルと名乗り、夜はこの店のカウンターの中でカクテルを作っている。外国人観光客の多く来る地区で、英語力を買われて勤めはじめた。白いシャツと黒いベストに蝶ネクタイをした姿は、なかなかハンサムなバーテンぶりだ。シークレットシューズで背丈を底上げしているのは、新道だけが知っている。

一緒に生活するようになって、新道につられたのか別の理由があるのか、尚子はよく食べるようになり、背も少し伸びて体格も中肉程度になった。逆に喧嘩で身体を動かせない新道は、肥らないよう食事を減らさないといけなくなってきた。

尚子の仕事が終わるのを待ち、一緒に並んでアパートに帰る。タートルネックのシャツにジャケットを羽織った尚子と、しばし街明かりに浸る。

政令指定都市になったばかりのこの街の盛り場は、最近元気がいい。人が多く、「背の高い地味な女とハンサムな若い男」のカップルも、好奇の目を向けられず紛れられる。

「それで、首尾よく行ったの」

尚子がいつの間にか始めていた煙草に火をつけながら言った。

「あっけなかった。貯金が全部飛んだのにさ」

新道は手に持った鞄を軽く掲げて見せた。中には数枚の書類が入っている。これから二人でその内容を完全に憶え、破棄しないといけない。

これが手に入れば、少しは動きやすくなる。部屋を借りたり仕事を探したり、もっと楽にできるはず。二人別々に逃げても大丈夫かもしれない。けれどそれを言っても、尚子は自分から離れないし自分もそうしないのは、すでに分かっていた。

今まで姉妹や姉弟、時に若夫婦を装って各地を転々としてきた。人は、誰かと誰かが一緒にいることに名前をつけないと不安になるらしい。だからその目を欺くため、その目に合わせて二人の名前を変えてきた。けれど、新道は自分と尚子が何なのか、一度も決めたことがないし、決められない。雇い人と雇われ人でももうない。血縁でももちろんない。家族も違う。恋人ではない。友達というのもしっくり来ない。本当の名前をいくつもの偽名の下に埋もれさせているように、新道と尚子の関係は、誰にも知られず誰にも分からないものになっていた。本人たちですら、これに名前は付けられない。

「やっぱり女二人分は無理だった。片方は男のしか用意できないって」

「それでいいよ。最初からいいって言ったでしょ。で、名前は」

「片方は松本芳子。片方は斉藤正。……ねえ、これは一度決めたらもうしばらくは変えられないよ。私のほうが〝正〟になったほうが、ごまかしが利くんじゃないのかな」

「私が正になる」

「でも……」

「もう決めた」

きっぱりそう言う横顔は、あの俯いて自分の桜貝のような爪を見ていたお嬢さんとは、まるで別人に見えた。逃亡生活を始めて、十年が過ぎていた。


しゅんしゅんと湯が沸く音に、よっこらしょと腰をあげる。小さい流しとコンロが並んでいるだけの簡素な台所で、薬缶と大鍋がさかんに湯気を立てている。

「沸いたよ」

声を掛けると、はいよーと間延びした返事が来た。六畳一間、台所と一つなぎになっている狭い部屋の中では全てが小声で通る。定期的に近所のゴミの日に出されているのを失敬してくる古新聞を畳の上に敷き、玄関の脇に立て掛けてある大きい金盥《かなだらい》をその上に置く。盥の中にまず鍋で沸かした湯をあけると、部屋の中が湯気でいっぱいになった。空いた鍋に水を汲み、盥の湯をぬるめる。

「じゃ、ちょっと出てくる」

そこまで準備してから、新道は財布を持ってつっかけサンダルで外に出た。

街は夕暮れ。低層アパートが密集しているこの辺りは、日が傾くのと同時にあちこちからカレーや煮物や焼き魚の匂いが漂ってくる。「芳子」になってだいぶ過ぎた。「正」になった尚子は今、小さい家具製作所で職人として働いている。こちらの素性を問いただざず、何も言わずに腕だけ見てくれる職場を探すのが、尚子はうまかった。新道もその鼻の良さに助けられて、今は化粧品の工場で検品の仕事をしている。大工場で、あまりに工員の数が多いので、みんなお互いに関心が無いしいつ誰かが辞めても休んでも妙な噂も立たない。新道たちのような流れ者らしい人間も何人かいる。とにかく、部屋を借りる時でも飯屋に入る時でも、尚子のカンは新道のそれよりよっぽど敏感に働いた。

『……この家で暮らしていると、足音に敏感になるの。それだけ』

昔の声色が頭の中で甦《よみがえ》る。最近の尚子は、広島時代のハンサムな青年からまた容姿を変え、ややくたびれた親父然とした風体に変化しつつあった。この街ではそれが一番溶け込める。無口で、無愛想で、ガタイは小さいがなかなか男前の、腕はいい職人。新道はその「訳ありで籍は入れていないが長年連れ添っている古女房」というふうに、自然と認識される。おたくんちはノミの夫婦だね、と言われたりもする。男に見えるものと女に見えるものが一緒にいれば、すなわちそれは夫婦と見られる。カタにはまった世の中ほど騙《だま》しやすい。一度カタにはまったふりをしてしまえば、誰も新道と尚子が本当は何なのか、どういう人間なのか、気にかけない。

本屋の店先を眺めたり、定食屋でテレビを見ていると、最近さかんに本当の自分とか、自然な自分とか、自分探しとか、そんな言葉を目にする。しゃらくせえ、と新道は思う。今ここで生きている自分と尚子は、偽物だが偽物じゃない。どこまでも自分自身だ。まったく、しゃらくせえ。

新道は一度も尚子にこれこれこういう格好をしろと言ったことは無いし、尚子も同じだ。一緒に逃げる中で必ず起こると予想していた言い争いや大喧嘩もほとんどしていない。臭い言葉で言うなら運命を共にしている二人なのに、お互いにとってお互いはどこまでも他人だという意識がはっきりとあった。二人がしているのは、ただの生活でなく、逃亡だ。いがみ合うというのは、ある意味愛着があるということだ。尚子がもし殺されでもしたら、新道は残りの人生を注いで仇《かたき》を取るだろう。尚子もおそらく同じことをする。それは間違いない。けれどその動機も感情もまた、名前はつけられない。愛ではない。愛していないから憎みもしない。憎んでいないから、一緒にいられる。今日も、明日も、来年も、おそらく死ぬまで。

近所の商店街に向かうと、八百屋でも惣菜屋でも当たり前のように奥さん、奥さんと声をかけられる。それを聞いているうちに、ふと久しぶりに柳の顔が頭に浮かんだ。自分と尚子を女房と妹ということにして故郷に連れていこうとした男。柳はきっと、このことを知っていた。カタにはまったふりをすれば、世の中こんなに騙しやすい。あの男も何かのカタにはまっていたのか。それともそれを拒んだのか。

買い物を終えてアパートに戻ると、米の炊ける匂いと味噌の匂いが、わずかに残っている石鹸の匂いと混ざり合っていた。あまり役に立たない換気扇を回し、まだ髪の濡れている尚子を見る。

「ただいま」

「おかえり。飯と味噌汁だけ作っといた」

「うん。アジフライ買ってきたから、今日はそれ」

「じゃあ、キャベツくらい切るか」

どこの家庭でもある、ありふれたやり取り。どこの誰でもない二人は、狭い台所で肩を並べる。逃亡生活を始めて、二十年が過ぎていた。

五月の風が庭を気持ちよく吹き抜けていく。洗濯物を干していると、向かいの家の犬が庭の囲いからこっちを見ているのに気付いた。この県営住宅は狭いながらも戸別に庭がついているので、ペットを飼っている世帯も多い。

ちちち、と舌を鳴らすと、雑種らしい茶色い犬はわふっと鳴いて尻尾を振りたくる。気のいい犬で、散歩の途中にすれ違ったりするときも、だいたい尻尾を振り回している。

「犬、飼おうか、うちも」

声に振り向くと、縁側で〝正〟が足の爪を切っていた。

「何言ってんですか」

「もうそろそろ、落ち着いてもいいんじゃないかと思ってね」

「無理」

「だって好きなんでしょ、犬。どこに行っても犬いると飛んでって見てるじゃない」

新道の顔がさっと赤くなった。

「好きだけど、無理でしょ。いざという時どうすんの」

「そんときはそんときだよ。だってもうねえ、もう……四十年でしょ」

四十年か。いつの間に。新道は思わず溜息をついて、洗濯物を干す手を止めて少し怪しくなってきた空模様を見上げた。

そうして、四十年目が来た。

「四十年だよ、宇多川さん」

新道はもう一度言う。悲鳴をあげるバールの次は、何が起こったか分からず慌てふためく金属バットの尻を照らす。次はチェーンの足、その隣の男、そして傘を差す若い男。ライトが示した箇所を、次々と矢が刺し貫いていく。

「なんだ　だれだ　なかまが　いやがるのか」

あっという間に、宇多川以外の人間は雨の地面に倒れるか這いつくばるかして、まともに動けなくなってしまった。

「正《しょう》さん、もう来て大丈夫そうだよ」

ヘッドライトの明かりの輪の中に、丸っこい小柄な人影が入ってきた。細いカーボン弓を手に、矢をつがえるとまっすぐに宇多川を狙う。

「だれだ　やめろ　やめさせろ」

「まだ分かんないの。薄情なフィアンセもあったもんだ……ねえ、尚《しょう》さん」

新道に天稟があるのなら、この人間には忍耐と継続する精神力があった。長い間弛《たゆ》まず続けてきた修練は、弓矢を斉藤正——内樹《ないき》尚子《しょうこ》のもう一つの手のように、研ぎ澄ませていた。

「四十年もあれば、人間いろいろ変わるよ。私もあんたも、尚子さんも変わった」

「ふざ　けるな　そんなのが　しょうこの　わけがない」

宇多川は黄色い目を見開いて口をぱくぱくとさせた。

「そんなの、とは随分ね」

尚子は口を歪めて笑うと、矢尻を宇多川の頭に向けた。

「アタシが、もっと早くこうしてればよかったんだ」

「そんなことはないよ。あんときの尚子さん、まだたったの十八だったんだから」

「まて　まて　おまえら　カタギが　ころしを　やるつもりか」

「もちろん、殺しはしないよ。でも、脚の一本でも貰っておけばもう追っかけては来ないかなって期待はしてる」

　新道が言う。

「ねえ、私、逃げるのに疲れちゃった。四十年だよ、宇多川さん。しつこいようだけど。お互いあと何年生きる」

　雨の中、新道と宇多川はしばし睨み合った。病で衰えた宇多川の身体は、もうさほど寿命が残っていないのが見て取れた。あの気障な伊達男ぶりが嘘のようだ。しかしそれでも、ここに来るまで、残虐な死体の山を築き暴力にまみれて生きてきたはずだ。四十年間。

「このへんにしとこう。あんたがたヤクザはけじめや決着をつけたがるけど、私らカタギにはそんなもの関係ない」

　新道の身の内を血のように駆け巡っていた暴力への欲望は、四十年の間、冬眠中の熊のように静かに奥深くに押し込まれてきた。喧嘩の強い大柄な女の存在がばれたら、すぐにでも追手がかかる。拳を封印し、喧嘩をやめた。不思議と苦痛はなかった。無いと思っていた。しかし今、新道の全身は震えていた。喜びに。四十年ぶりの暴力に。生きていてよかったと、自分を殺しに来た男の目を見て心から言える。ここで逃げ切っても、最後の死合になっても、残りの人生——何年あるか分からないが、死ぬまで力を奮うことになるだろう。尚子と一緒に。帰ってきた。ここに、帰ってきた。

「ここで終わりだ、宇多川さん。嫌なら残り少ない寿命、死ぬまで痛みに呻いて過ごしな」

そう言うと、尚子の矢尻の狙いが、宇多川の頭からすっと太股の辺りに下がった。

「……わかった　わかった」

宇多川が、がっくりと項垂れた。

「早く行こう。車を貰って」

尚子が言う。新道は頷き、倒れている運転手のポケットから鍵を取り出した。

「まて　ここに　おいていく　つもりか」

「そのうちまた役場の車が巡回に来るから、あんたらはそれに乗せてもらいな」

まだ宇多川に狙いをつけている尚子を車に手招きする。

「乗ろう。久しぶりに長距離ドライブだ」

「こんな大きい車、運転できるの」

「カンが鈍ってなければね。それに――」

アルファードに乗り込もうとした新道の耳に、宇多川の声が聞こえた。

「にげられると　おもうか」

同時に、ぱん、とビニール袋が弾けたような音がした。

「あっ」

尚子が目を丸くして、新道の顔を見た。

そのジャージの太股に、みるみる黒い血のしみが広がっていく。

尚子の手から、弓矢が落ちた。がくん、と、もうくるぶしが浸かるくらい上がってきた水の中に膝をつく。

「尚子っ！」

振り向くと、宇多川が震える手で拳銃を摑んでいた。口を開けて、ぱくぱくと、声の無いまま何かを喋っている。満面の笑みで。

「この――！」

飛び掛かろうとした途端、ぱん、ぱん、と連続で弾けるような音が鳴った。新道は思わず息を止めた――しかし、身体はどこも痛みを感じていない。

ぱん、ぱん、ぱん、ぱん、と、音は次第に激しくなっていく。

宇多川も新道も、尚子も、地面に倒れた男たちも、音がする方――県営住宅の裏手の山を見上げた。

それは、土砂崩れが、木々をへし折りながら、濁流と共に麓《ふもと》に流れ込んでくる音だった。

IX

まるで秋のように、空が高かった。

海沿いの一本道は車通りが無く、低いコンクリートの防波堤からすぐ波の飛沫《しぶき》が見える。建物はまばらで、人気も無い。広い歩道を、がらがらと車輪がアスファルトを擦る音が進んでいく。

「暑くなりそう」

スーパーマーケットの名前が入った大きな金属製のカートを押しながら、新道依子が空を仰いだ。一歩一歩、大股に歩いている。海風が長い髪を雲のようになびかせた。廃墟になったパチンコ店の前を、ゆっくりと横切っていく。

「海、久しぶりに見るな」

カートの中に座り込んでいる内樹尚子が呟いた。泥だらけのジャージを穿いた左足が、木切れやビニールテープで何重にも巻かれ固定されている。

穏やかな波の音が、二人の他に誰もいない道を包んでいた。

「どこに……行くの」

尚子が言う。

「北に向かってる」

依子が言う。

「あったかいとこに、行くんじゃなかったの」

海鳥が青い空をゆっくりと旋回していく。まるで重さが無いように、かろやかに、空気の上を滑るように飛んでいる。

「尚さん、憶えてる？　私の婆ちゃんの、鬼婆の話」

「もちろん。憶えてる——憶えてるわよ」

「そろそろ私らも、本物の鬼婆になれる頃合いでしょ」

「そのために、北に行くの」

「そう。海渡って、婆ちゃんの故郷に行く。森の中の、鶏の足が生えた小屋を探す。そこで、でかい鍋で茸《きのこ》を煮たり、苺を摘んだり、家畜や人に呪いをかけたりしながら過ごす。ああそうだ、犬を飼おう。猫も飼おう。いっぱい飼おう。行き場のないやつ、みんな集めて飼おう」

尚子がざらざらした笑い声をあげた。

「面白そう。楽しみだな」

「私も。やっとなれる。やっと、鬼婆になれる」

依子はカートを押して歩き続ける。道は長く、どこまでも続き、海の向こうには水平線しか見えない。

「なんでこんな身体で、こんな力を持って、こんなに力が好きで生まれたんだろうってずっと思ってた。歳をとっても、普通の人のふりをしてても、ずっと燃えてた。力が。力を奮いたいっていう気持ちが。化け物だよ。でも、それが正解だったのかも。人間じゃなくて、鬼婆になるためだったのかと思ったら、全部納得しちゃったよ。人として人に混ざって生きるのは――無理だったんだ。でもこれで、ふっきれた。私は鬼婆だよ。あんたと一緒に鬼婆になるために、ここまで来たんだ」

応えはない。

「尚さん……尚子さん」

波の音にまぎれるくらいの声で、依子が語りかける。

「尚子さん、お嬢さん。寝ちまったの……尚子」

明るい太陽が、泥と血でできた依子の足跡を照らして乾かす。波が、寄せては返す。何度も何度も、寄せては返す。

解説　クラッシュ&フリーダム

深町秋生

ボクシングを何十年と飽きずに見続けている。

プロボクサーには大抵イカしたニックネームがつけられる。〝モンスター〟〝ヒットマン〟〝スーパーエクスプレス〟〝アイアン〟などなど。その慣習がわりと好きで、他人にニックネームをひそかにつける癖がついた。

私は王谷晶を〝クラッシャー〟と呼んでいる。『ババヤガの夜』は読む者を暴力と狂気の渦に巻き込み、その豪腕で失神ノックアウトに追いやる。著者の本領がいかんなく発揮された快作だ。

そもそも本書から漂う血臭は尋常ではない。冒頭、主人公の新道依子がヤクザ相手にえぐい喧嘩殺法を繰り出すが、襲いかかるヤクザ集団の内樹會の怖さはそれ以上に苛烈で恐ろしい。仁義や任俠という健サン的なロマンが入る余地はなく、花村萬月や平山夢明作品に出て来る裏社会の住人たちに似て、常軌を逸した残忍さで人を追いつめる。

そんな地獄に叩き落とされた新道は、組長の娘である内樹尚子の護衛兼運転手を押しつけられるが、尚子は尚子で、コーヒーを飲むことも許されないような不自由な暮らしを強いられている。果たしてふたりを待ち受ける運命とは……。思いがけない仕掛けも用意されており、読者を仰天させる手腕は見事という他ない。単行本が刊行された時点で、多くの批評家から絶賛され、第74回日本推理作家協会賞候補作にもなった。

この快作はいきなりノーモーションで繰り出されたわけではない。女性同士の様々な関係を描いた短編集『完璧じゃない、あたしたち』（ポプラ社　2018年）、女性はこうあるべきという洗脳や偏見に対して中指を突きつけるエッセイ集『どうせカラダが目当てでしょ』（河出書房新社　2019年）で、本作の原型やテーマ性を見ることができる。

　このふたつの作品もかなりの破壊力を有している。もし『ババヤガの夜』にKOされたのなら、こちらも手に取るべきだろう。

『完璧じゃない～』は、二十二編の短編とひとつの戯曲で構成されている。

　そのなかでも「友人スワンプシング」(この作品は「サカナになった さっつんの話」というタイトルでコミック化され、イラスト・コミック系SNSのピクシブで読むことができる)は、とある若い女性が閉塞感漂う北関東の町と厄介な家族から、華麗におさらばする美しい物語。

「ときめきと私の肺を」は、物書き志望の〝私〟が、時給の高さと好奇心から場末のスナックで働き出したら、酔客からデブ、ブス、カッペと、内樹會のヤクザ顔負けに罵られまくるハードな私小説風の物語だ。

　私がもっとも舌を巻いたのは「ヤリマン名人伝」(タイトルもすごい)という短編。ただただセックスが大好きで趣味としている女性主人公は、それを誰にも打ち明けられずにいたが、偶然知り合った風俗嬢を介して、ようやく同好の士を得る。そして、お互いにこう心情を吐露しあう。

「(前略)あの、セックス趣味だって知られると、余計な情報が添付されちゃうことありませんか？　過去に何か暗い事件があったんじゃないかとか、初恋の男に騙されてそれからヤケクソになったんじゃないかとか、勝手なストーリーをくっつけられるというか」

「男の人はあいつ女好きだとかモテるとか何人斬りとかヤリチンとか、そういう情報が職場とかでもカジュアルに共有されてることよくあるじゃん？　でも私らさ、そんな情報共有されたらわりと死ぬよね。社会的に。(後略)」

まったくそのとおりだと、膝を打ちながら読んでいたけれど、ヒヤリとさせられるものもあった。

自分はLGBTQなど性的マイノリティに理解があり、我が国のジェンダーギャップ指数の絶望的な順位の低さに腹を立てている。社会的公平性や多様性を重んじるなかなかのリベラルだと思っていた。

だが、王谷作品を読んでいると、己のなかに潜む無自覚な偏見や女性に対する身勝手な幻想を抱いていたことに気づかされる。この「ヤリマン名人伝」などは、その勝手なストーリーをくっつけたがる側のほうであり、自分が糾弾されているような気分にもなった。

セックス好きを公言する男性は腐るほどいるもので（自分もそうだ）、周りには給料のほとんどを風俗や女遊びに使い込むやつも山ほどいる。

それをごくふつうの趣味と見なして気にも留めていなかったが、それが一転して女性となると、「ひょっとしてなにか過去にトラウマでも」「ヤケクソになって自暴自棄になっているのでは」と、ごくふつうの趣味とは見なさず、ただ事ではないなにかがあるのではと、背後にストーリーを見出そうとしていた。ド偏見もいいところである。

そうした読み手の凝り固まった頭に強烈なパンチを見舞ってくるのが王谷作品

の特徴だろう。

エッセイ集『どうせカラダが目当てでしょ』で、著者はさらにガツンと主張する。

髪は美しく、カラダはほっそり、爪は短くキレイに、子供は早く産むべきで、ムダ毛は一刻も早く処理し、つねに笑顔でいるのが一番……そんな世にはびこる保守的な思想と男尊女卑の風土と資本主義がもろもろに融合し、あの手この手で女性を縛める呪《いまし》いに対し、独特のユーモアで笑い飛ばし、そして激しく怒りをぶちまける。勝手な価値観を押しつけるな、人の身体にイチャモンをつけるなと。

また、著者は恐怖体験も綴っている。フリーライターの駆け出し時代、ある出版社の編集長から仕事のオファーをもらい、夜の居酒屋で打ち合わせをすることになった。

現れたのは松崎しげる似のギラついた雰囲気をかもす壮年男性で、乾杯したのをきっかけに仕事の話になるかと思いきや、延々と自慢話とブンガク論を聞かされた挙句、「じゃ、ホテルに行こうか」と誘われる。ほうほうの体で逃げ出したけれど、けっきょく仕事にはありつけなかったといういたましい体験談だ。

そんな著者が男尊女卑思想の牙城で、女性をシノギの道具と見なすヤクザ社会を描くのは必然だったのかもしれない。

それにしても、内樹會の暴力と脅しはえげつない。主人公をボコボコに殴打するだけでなく、ブス、ブタ、クソアマと言葉による暴力も相当なものだ。異物である新道が気に入らず、卑劣な罠まで仕掛けてくる。

血も涙もない野生の王国というべき世界だが、これは王谷を始めとして、世の女性たちが多かれ少なかれ日常的に遭遇していることでもある。学校で、家庭で、職場で、飲食店で、路上で。容姿をコケにされ、価値観を一方的に押しつけられ、あるいはしつこくつきまとわれ、立場を笠に着てやらせろと迫られ、抗おうとすれば集団で襲いかかられ、ドリンクに一服盛られたりもする。内樹會とこの世界に果たしてどれだけの差があるというのか。

この抑圧的な魔窟というべき場で、新道と尚子は果たしてどんな道を進むのか。ここで前述したとおり、読者をもあっと言わせる展開になっていくのだが、これも自由な考えを持つ著者にしか思いつけない仕掛けだろう。苦難の道を潜り抜けてたどりつくふたりの姿は涙が出るほど輝かしい。

破壊王と呼ばれた伝説のプロレスラーの橋本真也は、かつて「破壊なくして創造なし」という名言を残した。

読み手の固定観念を破壊し、新たな価値観を打ち立ててみせる。本作で見事にやってのけた王谷晶はクラッシャーで、同時に自由で解き放たれたクリエイターでもあると思う。

（作家）

文庫版あとがき

王谷晶

登場人物の名前を考えるのが苦手で、いつも七転八倒してひねり出している。でも「新道依子」という名前は珍しくすっと浮かんだ。何か意味を考えてそこから逆算してつけたのではなく、本当にすんなりとその名前が浮かび、それからこの話の主人公は依子以外の名前では考えられなくなった。

暴力の申し子みたいないかつい女が、依子という柔らかな響きの、どちらかというと大人しめなイメージのある名前に決まったことで、彼女の人物像が自分の中で急に立体的になってきた。ペンネームや芸名は別として、名前というのは選べない。まだ世に生まれて右も左も分からないうちに自分以外の誰かによってもたらされるものだ。だから名前はその人のものであると同時に、誰か他人の意思が含まれている。依子に依子と名付けた人物は何を思ってその名を選んだのか。その人物の元で依子はどのように生きてきたのか。依子は自分の名前をどう思っていたのか（たぶん、どうとも思っていない。彼女にとって名前はただの名前だ）。そういうところから考え始めた。それから体格。依子の視線は、普段の自分の視線より十センチ以上高い。歩幅も広い。力も強い。歩く、寝る、食べる、走る、全てが自分とは違う感覚で生きている。そういう場所から世の中がどう見えるのか、想像を巡らせながら書いた。

尚子の方は、名前よりどんな服を着せるかというところから膨らませていった。基本的に現代人は自分で着る服を自分で選んで着ているが、中にはそれが難しい立場の人もいる。服飾は、それにこだわらないことも含めて自己表現のひとつだ。尚子が着せられている服、それから自分で選んで着ている服を考え、その時の彼女がどんな顔をするか、どう感じるか、そういうところから考え始めた。着心地や服の重さ、それを着た時に身体の可動域はどう変わるのか。特に靴。靴は移動の象徴だ。履く靴を自分で選べない生活とはどういうものか。そこから解放されたら何を履くのか。尚子の箪笥《たんす》と靴箱を考え、毎日そこから何を思って服を選んでいるのか想像した。

柳という人物を出そうと思った時、頭の中にはまず完璧に磨かれた革靴を履いた長い脚が浮かんだ。脚に身体が生えているような男。本文には細かく書かなかったが、彼は靴にかなりの金をかけるだろうと思った。マレーネ・ディートリヒは貧しい時期もストッキングだけは最高級のものを穿いていた、という昔どこかで読んだエピソードを思い出しながら彼を書いた。

この小説は最初から「文藝」に掲載させるために書き始めたが、プロットの段階でどう転んでもいわゆる「純文学」にはならないのが丸わかりだった。暴力、卑語、格闘、そしてM・ナイト・シャマラン映画みたいなどんでん返し。でも「文藝」の編集部がOKを出したので、ならいいか、後は知らんからねとそのまま書いた。何冊か本を出させてもらっているけれど、未だに自分が何作家なのかよく分からない。エンターテインメントの人でありたいなとは思っている。

初稿はとにかく原稿が落ちるぎりぎりまで書いてテンパっていたので、細かい記憶が飛んでいるが、暴力だけは絶対に精彩を欠くことが無いように仕上げようと頑張ったのは覚えている。そこがこの小説の大切なところだと思った。血と食い物の匂いのする小説が好きだ。ジョー・R・ランズデール、ジェイムズ・サリス、テリー・ホワイト、フラナリー・オコナー、ジェイムズ・エルロイ。少しでも、僅かでも、ちょっとでいいから自分もそこに近付きたくて、肩にガチガチに力を入れながら書いた。当然ぜんぜん届かなかったが、当時出せるだけの全力は出した。

現実にこれだけ暴力が溢れている時代（そうでない時代はひとつも無いけれど）に、フィクションの暴力を書くのがどういうことなのかずっと考えている。暴力を書くのは気持ちいい。読むのも気持ちいい。みんな気持ちいいからやっている。せめてそこに快感を感じているという自覚と後ろめたさは持つべきだなと思っている。たぶん自分はこれからもがんがん暴力を書いていくけれど、楽しいな、と後ろめたいな、を忘れないようにしたい。新道依子の物語は血と拳が無いと語れなかった。この小説は本当に楽しく書いた。書けてよかった。

最後に、ゲラの戻しまで含めて何もかもが遅い私の作業に根気よく付き合ってくれた担当編集のYさん、超痺れる解説を書いてくださった深町秋生さん（大ファンです）、単行本から引き続き素晴らしいカバーアートを使わせてくださった寺田克也さん、「文藝」掲載からこの文庫化に至るまで関わってくださった版元、印刷、流通、書店のみなさん、読んでくださった方、本当にありがとうございます。これからも愉快な小説を書けるよう精進します。

本書は二〇二〇年一〇月、小社より単行本として刊行されました。

ババヤガの夜《よる》

二〇二三年 五 月一〇日 初版印刷
二〇二三年 五 月二〇日 初版発行

著 者 王谷晶《おうたにあきら》
発行者 小野寺優
発行所 株式会社河出書房新社
〒一五一-〇〇五一
東京都渋谷区千駄ヶ谷二-三二-二
電話〇三-三四〇四-八六一一（編集）
〇三-三四〇四-一二〇一（営業）
https://www.kawade.co.jp/

ロゴ・表紙デザイン 粟津潔
本文フォーマット 佐々木暁
本文組版 KAWADE DTP WORKS
印刷・製本 中央精版印刷株式会社

Printed in Japan ISBN978-4-309-41965-7

ふる

西加奈子　41412-6

池井戸花しす、二八歳。職業はＡＶのモザイクがけ。誰にも嫌われない「癒し」の存在であることに、こっそり全力をそそぐ毎日。だがそんな彼女に訪れる変化とは。日常の奇跡を祝福する「いのち」の物語。

ドレス

藤野可織　41745-5

美しい骨格標本、コートの下の甲冑……ミステリアスなモチーフと不穏なムードで描かれる、女性にまといつく“決めつけ”や“締めつけ”との静かなるバトル。わかりあえなさの先を指し示す格別の８短編。

改良

遠野遥　41862-9

女になりたいのではない、「私」でありたい——ゆるやかな絶望を生きる男が人生で唯一望んだのは、美しくなることだった。平成生まれ初の芥川賞作家、鮮烈のデビュー作。第56回文藝賞受賞作。

すみなれたからだで

窪美澄　41759-2

父が、男が、女が、猫が突然、姿を消した。けれど、本当にいなくなってしまったのは「私」なのではないか……。生きることの痛みと輝きを凝視する珠玉の短篇集に新たな作品を加え、待望の文庫化。

アカガミ

窪美澄　41638-0

二〇三〇年、若者は恋愛も結婚もせず、ひとりで生きていくことを望んだ——国が立ち上げた結婚・出産支援制度「アカガミ」に志願したミツキは、そこで恋愛や性の歓びを知り、新しい家族を得たのだが……。

青空感傷ツアー

柴崎友香　40766-1

超美人でゴーマンな女ともだちと、彼女に言いなりな私。大阪→トルコ→四国→石垣島。抱腹絶倒、やがてせつない女二人の感傷旅行の行方は？映画「きょうのできごと」原作者の話題作。